Série Vaga-Lume

A NOITE DOS QUATRO FURACÕES

Raul Drewnick

Ilustrações
Roko

editora ática

A noite dos quatro Furacões
© Raul Drewnick, 2005

Diretor editorial	Fernando Paixão
Coordenadora editorial	Gabriela Dias
Editora	Carmen Lucia Campos
Editor-assistente	Emílio Satoshi Hamaya
Preparador	Imidio de Pina Barros Júnior
Coordenadora de revisão	Ivany Picasso Batista
Revisoras	Luicy Caetano de Oliveira
	Luciene Lima

ARTE
Editores	Antonio Paulos
	Cintia Maria da Silva
Assistentes	Claudemir Camargo
	Eduardo Rodrigues
Editoração eletrônica	Divina Rocha Corte

CIP-BRASIL. CATALOGAÇÃO NA FONTE
SINDICATO NACIONAL DOS EDITORES DE LIVROS, RJ

D832n

Drewnick, Raul, 1938-
  A noite dos quatro Furacões / Raul Drewnick. - São Paulo :
Ática, 2005.
  144p. : il. -(Vaga-Lume ; 96)

  Contém suplemento de leitura
  ISBN 978 85 08 09502-5

  1. Literatura juvenil. I. Título. II. Série.

04-2854   CDD: 028.5
                                              CDU: 087.5

ISBN 978 85 08 09502-5 (aluno)
ISBN 978 85 08 09503-2 (professor)
Código da obra CL 731808
CAE: 224077

2022
1ª edição
10ª impressão
Impressão e acabamento: Forma Certa

Todos os direitos reservados pela Editora Ática S.A., 2005
Avenida das Nações Unidas, 7221 – CEP 05425-902 – São Paulo, SP
Atendimento ao cliente: 4003-3061 – atendimento@atica.com.br
www.atica.com.br

IMPORTANTE: Ao comprar um livro, você remunera e reconhece o trabalho do autor e o de muitos outros profissionais envolvidos na produção editorial e na comercialização das obras: editores, revisores, diagramadores, ilustradores, gráficos, divulgadores, distribuidores, livreiros, entre outros. Ajude-nos a combater a cópia ilegal! Ela gera desemprego, prejudica a difusão da cultura e encarece os livros que você compra.

Decisão em ritmo acelerado

Gugu na bateria, Marquinho na guitarra, Fontão no vocal, Fontinho no baixo. Com vocês, os Furacões!

Esse é o quarteto que quer arrasar no festival de rock do clube. No do ano passado, perderam o título para os Diabos da Meia-Noite, conjunto do insuportável Glauco, e agora desejam a revanche.

Gugu treina duro na bateria, faz planos, enche o pessoal de ânimo, sonha dia e noite com o êxito dos Furacões. Só que os seus amigos da banda, de uma hora para outra, já não parecem tão amigos assim, e o baterista suspeita que estejam tramando contra ele. O clima de desunião parece rondar também a casa de Gugu, com os pais começando a se desentender cada vez mais. Como se não bastasse, ele se vê perseguido por um misterioso espião, que não dá trégua e acompanha todos os seus movimentos.

Com tantos problemas para resolver, será que Gugu vai conseguir juntar forças, reunir os Furacões e se preparar a tempo para brilhar no festival?

Conhecendo **Raul Drewnick**

*R*aul Drewnick é um nome já bem conhecido dos jovens leitores. Sua estreia na literatura juvenil foi na própria Vaga-Lume, em 1994, com *Um inimigo em cada esquina*. A partir daí seguiram-se outros quatro sucessos de Raul dentro da coleção: *A grande virada, Correndo contra o destino, O preço da coragem* e *Vencer ou vencer.*

Fascinado por esportes, Raul compôs vários enredos em que eles são o pano de fundo. O basquete, o vôlei, o atletismo e o futebol — seu maior fascínio — já ambientaram suas histórias.

Se o futebol é uma de suas fixações, o gosto pela literatura não fica atrás. Na infância, conheceu os livros de Monteiro Lobato, de quem se tornou fã de imediato. Traçou um objetivo: queria ser escritor, como ele. Pelos admiradores que ganhou com essa iniciativa, só se pode constatar: não poderia haver escolha melhor!

Sempre afinado com os temas que empolgam a garotada, neste livro Raul traz à cena os Furacões, uma banda que vem com tudo para brilhar num festival de *rock* e para conquistar a simpatia dos leitores.

Sumário

1. Ai, essa bateria — 7
2. Essa banda vai mal — 10
3. Um pacto furado — 16
4. Os vizinhos indesejáveis — 17
5. Marquinho, o perdedor — 20
6. Tanta esperança, tanto medo — 25
7. Os outros dois molengas — 30
8. No ar, um cheiro de traição — 35
9. Unidos pelo despeito — 42
10. A bonequinha sem juízo — 49
11. Três rapazes suspeitos — 53
12. A ficha do baixinho — 56
13. De olhos bem abertos — 61
14. Lembra da Marilisa? — 63
15. Novas traições da memória — 66
16. Líder nato, garoto sapiente — 68
17. A dupla Van-Van — 74
18. O baixinho na porta — 78

19. Veja quem tocou a campainha	*81*
20. O novo nome do ravióli	*84*
21. Os segredos do espião	*88*
22. A mãe no pôster	*93*
23. Um abraço para os primos	*96*
24. Sem baixista e sem vocalista	*99*
25. As tristezas de janeiro	*103*
26. Que garota é essa?	*106*
27. Mais surpresas	*109*
28. A música sem-nome	*116*
29. Fevereiro e suas tramas	*119*
30. Fingindo-se de mortos	*122*
31. Um amor fraquinho	*124*
32. A hora é agora	*127*
33. Fuga, tumulto e os campeões	*131*
34. Um ladrão no rádio	*134*

1   *AI, ESSA BATERIA*

A batida selvagem das baquetas atravessou a porta fechada do quarto de Gugu no alto do sobrado, desceu a escada com a força de uma cachoeira e chegou até a sala, onde sua mãe estava falando ao telefone com uma amiga.

– Ai, meu Deus – queixou-se Olga. – Está ouvindo?

– O que foi? Está havendo um terremoto aí?

Olga riu:

– Mais ou menos. É o Gustavo tocando a bateria. É, a bateria. Pode um negócio desses? Um dia de férias e ele já acordado, tão cedo, com essa disposição. Não é um mistério? O que foi que você disse, Marilisa?

– Eu não disse nada.

– O quê?

– Eu falei que não disse nada, Olga.

– O quê? O quê? Acho melhor a gente desligar e tentar mais tarde. Tudo bem?

Antes que Marilisa respondesse, a música que Gugu estava acompanhando chegou ao fim, e ele deu uma folga à bateria. Outra pessoa, não habituada com essa passagem brusca do ruído para o silêncio, pensaria ter ficado surda. Mas Olga conhecia bem essa rotina. Fazia quatro anos que Gugu tocava bateria.

Ela percebeu que a amiga ainda estava na linha:

– Ainda bem que você não desligou. Acho que agora podemos continuar a conversa. O terremoto acabou. Onde é que a gente estava?

– Eu estava dizendo que daqui a uma semana, por aí, vou voltar a ser sua vizinha. Foi por isso que eu liguei. Você chegou a ouvir isso?

– Ouvi, sim. Que ótima notícia! Quer dizer que o inquilino aceitou desocupar a casa?

– Ele saiu ontem. As chaves já estão comigo. Amanhã vou até lá com o pintor e o pedreiro. A casa precisa de uma ajeitada geral, sabe como é. Um inquilino nunca é tão cuidadoso como o dono. E três anos são três anos.

– Nossa, como o tempo passa! Três anos já, Marilisa?

– Para mim, parece que foram vinte. Para o William e a Melissa também. Os dois detestaram tudo, desde o primeiro dia: o bairro, a escola, os coleguinhas.

– É mesmo?

– É. E eu dou razão a eles. Ô bairro de gente metida a besta! Até o Ânderson, que tanto quis vir para cá, logo se arrependeu. No começo, ele achava que era intolerância minha, do William e da Mel, mas logo viu que não era. Não é fácil aguentar o pessoal daqui. Sabe o que ele me disse agorinha mesmo, antes de sair para o trabalho? Que, se a casa aí estivesse em ordem, ele ia querer sair daqui hoje. Para você ver como as coisas mudam, não é?

– É verdade.

– Você vai sair amanhã de manhã, Olguinha?

– Amanhã... Deixe ver... Não. Eu só trabalho na loja à tarde, você sabe. Por quê?

– Eu estou pensando em dar uma passadinha por aí antes de ir com o pintor e o pedreiro lá para a minha casa. Posso?

– Lógico. Assim eu começo a matar a saudade. Depois que você se mudou, quantas vezes a gente se viu?

– Sei lá, Olguinha. Umas três, por aí. Uma no Ibirapuera, uma no *shopping* e outra no salão da Mitiko e do marido.

– É. Faz tempo.

– A Mitiko ainda tem o salão de beleza?

– Tem, sim. Mas o marido...

– O que tem o marido? Você não vai me dizer que...

– Os dois brigaram e ele foi embora, parece que para o Japão.

– Quantos anos durou o casamento?

– Sei lá. Acho que dois ou três, Marilisa.

– Estou vendo que daqui a pouco as únicas exceções vamos ser nós. Eu e o Ânderson, você e o Gérson. Onde você vê casamentos assim, de mais de quinze anos? Às vezes, eu e o Ânderson conversamos sobre isso, e sabe como a gente se sente? Como se nós fôssemos uns bichos de outros tempos, uns dinossauros.

– Sabe que eu e o Gérson também? Outro dia eu perguntei para ele: será que nós dois somos normais?

Marilisa deu uma gargalhada:

– Olguinha, você é demais. Estou me lembrando daquele...

Olga não conseguiu ouvir o fim da frase. Lá em cima, Gugu tinha começado a acompanhar outra música.

– Tchau, Marilisa – ela gritou. – Amanhã cedo a gente conversa, está bem?

– Minha sorte é que o William ainda está na cama. Daqui a pouco ele acorda e pega também a guitarra, e aí acaba o meu sossego.

– Quer dizer que você também tem um artista em casa? – disse Olga, divertida.

– É, parece que, dos doze aos quinze anos, todos os garotos do mundo querem ser só guitarristas, bateristas, essas coisas. A Mel gosta de música também, mas ela é mais de cantar. Tchau. Amanhã a gente se vê – despediu-se Marilisa.

Olga atravessou a cozinha e foi ligar a máquina de lavar roupa, no quintal. Reconhecendo a música que Gugu estava acompanhando, ela disse:

– Dessa eu gosto.

A vizinha, que estava no quintal, esticou o pescoço por cima do muro e perguntou:

– Falando sozinha, dona Olga?

– Não. Estou falando comigo – ela disse, imaginando se a vizinha ia achar aquilo uma resposta bem ou mal--humorada.

Voltou para a cozinha, ainda intrigada: o que podia estar havendo com Gugu para ele, numa manhã de janeiro, em plenas férias escolares, estar acordado tão cedo e fazendo todo aquele barulho?

– Isso é um mistério, um grande mistério – ela concluiu, pondo a cafeteira no fogão.

– Falando sozinha, Olga?

– Gérson, sabe que é a segunda vez que me perguntam isso hoje? – ela disse, antes de receber no rosto um beijo estalado do marido.

---

2 ESSA BANDA VAI MAL

Gérson deu outro beijo em Olga, ainda mais estalado que o primeiro, e perguntou:

– O que foi que você falou?

– Que é a segunda vez, hoje, que me perguntam isso.

– O quê? – ele disse, curvando-se para ela, enrugando o rosto e pondo a mão em concha no ouvido, tentando isolar o som que continuava a descer a escada.

– Eu disse que hoje já me pegaram duas vezes falando sozinha, que nem louca – Olga berrou.

– Está gritando comigo por quê? Eu não sou surdo.

– Mas eu estou ficando, com toda essa barulheira.

– Barulheira? Essa da bateria? Sabe que eu não tinha nem reparado?

– Ah, você está brincando, não está, Gérson?

– Não estou, não. É sério. Como o Gugu melhorou! Você está ouvindo isso? Você está ouvindo?

Olga olhou para o marido com espanto. Se era justamente daquele som que ela estava tentando falar, como era possível ele perguntar se ela estava ouvindo aquilo?

Ela desligou o fogão e pegou a cafeteira, que tinha começado a se agitar e assobiar para chamar a atenção. Encheu a xícara de Gérson e apanhou dois envelopes de adoçante para ele. Quando ia falar do telefonema de Marilisa, o marido, com o polegar levantado, deu a nota para o desempenho musical do filho:

– Ele está bom demais. Cada dia melhor. E isto aqui também.

– O café?

– É. Huumm! O que você fez para ele ficar assim gostoso?

– Eu devo ter cometido algum erro – ela brincou. – Só pode ter sido isso.

Dando uma mordida no sanduíche, ele comentou:

– E isto aqui também está uma delícia.

– Acho que eu vou fechar a butique e abrir uma lanchonete.

Parando de mastigar, ele olhou para cima:

– Escuta! Escuta! Que beleza!

Olga se concentrou, disposta a sentir, no som da bateria, o mesmo prazer que o rosto de Gérson expressava. Mas o som se interrompeu e foi imediatamente substituído por um barulhão na escada. Era Gugu descendo os dezenove degraus aos saltos, como quase sempre fazia, arrancando gemidos agudíssimos dos seus tênis.

Quando ele entrou na cozinha, precipitado como se estivesse no final de uma corrida que não pudesse perder de jeito nenhum, o pai e a mãe sorriram. Era um belo garoto. Talvez um pouco estabanado, algumas vezes esperançoso demais, quase ingênuo, outras vezes absurdamente desesperançado, mas os dois achavam que ele tinha mais qualidades que defeitos, e ninguém podia negar o fascínio do seu rosto levemente sardento e dos seus olhos suavemente azuis.

Talvez ficasse melhor com os cabelos um pouco mais curtos e as unhas um pouco menos compridas, pensou Olga, mas todas as restrições que pudesse imaginar, incluindo aquela bateria, que às vezes a incomodava, foram esquecidas quando Gugu, com aquele jeito irresistível, puxou a cadeira e, sentando-se, exclamou, cantarolando:

– Mãezona, o café está com um cheiro legaaalll, sensacionaaalll, gostosuraaalll!

Enquanto Gérson ria, deixando um pedacinho de pão escapar da boca, Olga perguntou, deliciada:

– Gostosural? De onde você tirou essa, filho?

– Daqui, ó, mãe – explicou Gugu, apontando a cabeça.
– Do meu cérebro privilegiado.

– Quer dizer, então, que o cheiro do meu café está... gostosural?

– É isso aí, mãe. Você aprende fácil.

– Mas não foi por isso que você despencou do quarto, foi? Você nem gosta de café...

– É verdade, mãe. Mas um suco até que ia bem...

– Um suco de laranja gostosural – sugeriu Gérson, enquanto Olga abria a geladeira e pegava três laranjas.

– O que aconteceu para você pular da cama assim cedo? – ela perguntou.

– É a banda, mãe. Vai mal. Não estou conseguindo reunir a turma. Eles não podem à tarde, nem à noite. Vamos ver se podem de manhã.

Gérson, sempre mais interessado do que Olga quando o assunto era a paixão de Gugu pela música, adiou o gole que ia dar e, com a xícara suspensa, quis saber:

– Vocês não estão ensaiando? O festival é em abril, não é?

– É, pai. Vinte e três de abril. Nós temos três meses para escolher a música, acertar os arranjos, o vocal e caprichar até deixar tudo em cima, senão aqueles caras vão ganhar da gente outra vez, na maior moleza.

Aqueles caras de quem Gugu falava eram os quatro rapazes que, com o nome de Diabos da Meia-Noite, tinham vencido no ano anterior o 1º Festival de Bandas de Rock do Grêmio Esportivo e Social 23 de Abril, um clube inaugurado quarenta anos antes e que havia chegado a formar boas equipes de vôlei, basquete e principalmente de natação. Das suas piscinas saíram quatro nadadores que depois fizeram sucesso em clubes maiores.

Algumas administrações infelizes tinham levado pouco a pouco o 23 de Abril a uma situação difícil. Não havia mais vôlei nem basquete, e nas piscinas arruinadas podiam ser vistos agora só nadadores de fim de semana, cuja única habilidade era esparramar água.

Precisando de pelo menos mais uma vintena de sócios para dividir as despesas de manutenção, o clube vinha planejando algumas atividades com as quais seu presidente, eleito um ano e meio antes, esperava voltar a atrair os jovens do bairro.

Aos sábados à tarde, o salão de festas se abria para os rapazes e as garotas que gostavam de dançar e falava-se em formar algumas equipes esportivas. Um dos sonhos do presidente era fazer uma parceria com o colégio do bairro. Com uma mensalidade baixa, os alunos poderiam frequentar o clube.

O maior êxito da nova diretoria havia sido o festival de bandas de *rock* realizado um ano antes, no dia do aniversário do clube. Doze conjuntos tinham se apresentado no salão de festas, e o presidente do 23 de Abril, ao anunciar a decisão do júri, dando a vitória aos Diabos da Meia-Noite e o segundo lugar aos Furacões, elogiou o bom nível dos jovens concorrentes (o limite de idade era de quinze anos), fazendo votos para que no festival seguinte mais bandas se inscrevessem e que, como naquela noite, fossem vendidos todos os ingressos.

Gugu aceitaria perder para qualquer outra banda. Mas ser derrotado pelos Diabos da Meia-Noite era humilhação demais. Ao receber o troféu, Glauco, o líder dos Diabos, tinha sorrido para Gugu, como se dissesse:

– É o segundo chapéu que dou em você, certo?

E Gugu se lembrou de uma garota da escola, Beatriz, que parecia tão interessada nele, tão apaixonada por ele, até o dia em que Glauco passou de mãos dadas com ela, no pátio, dando aquele sorriso que podia ser traduzido assim:

– Pra você, cara, a Beatriz já era.

Na noite do festival, Beatriz nem estava mais na escola e Gugu nunca mais havia pensado nela. Mas, enquanto recebia com os três companheiros, ali no palco, os aplausos pelo vice-campeonato, ele se lembrou dela, dos seus olhos, da boca, do biquinho que ela fazia ao dizer o nome dele. E suspirou: ah, Beatriz...

Depois dessa noite, ele vinha fazendo planos, insistindo para que os amigos não desanimassem, caprichando nos ensaios, sonhando todas as noites com o triunfo, e agora...

Agora era obrigado a reconhecer, diante do olhar preocupado do pai:

– Se a coisa não mudar, acho que vai ser o fim dos Furacões.

Gugu aceitaria perder para qualquer outra banda.
Mas ser derrotado pelos Diabos da Meia-Noite era humilhação demais.

3 UM PACTO FURADO

Gérson deu mais um gole, esvaziando a xícara, e ficou olhando para Gugu, à espera de que ele abrisse o jogo. Que história era aquela? Como os Furacões podiam acabar, justamente quando deviam estar mais vivos do que nunca, para vencer o festival? Quando viu que o filho, depois de tomar o suco de laranja, parecia disposto a se levantar e sair da cozinha sem falar sobre aquilo, ele se impacientou:

– Mas, afinal, o que está acontecendo com a banda?

– É, o que está acontecendo? – reforçou Olga.

Gugu sorriu:

– Não está acontecendo nada. Esse é que é o problema. Eu não consigo reunir a turma. Cada hora é uma desculpa. Foi o que eu disse. Ou a situação muda ou os Furacões já eram.

– Mas por quê?

– Porque o único que está a fim de alguma coisa lá sou eu. Os outros três...

Gérson não parecia disposto a acreditar:

– Para mim, isso é uma grande surpresa.

– Para mim também – admitiu Olga, enfiando três fatias de queijo num pãozinho.

– Faz tempo que isso está acontecendo? – perguntou Gérson.

– Um mês, mais ou menos, pai. Desde que acabaram as aulas. Vocês não repararam que nunca mais nós ensaiamos?

– E por que você nunca comentou nada com a gente? – quis saber Gérson.

– Porque eu achava que era só uma fase, que o Fontinho, o Fontão e o Marquinho estavam só querendo curtir um pouco as férias. Mas os dias estão passando e eu não consigo marcar um ensaio. E, quando consigo, meia hora depois liga alguém para desmarcar.

– Mas o que é que os três dizem?

– Isso é que é estranho, pai. Quando eu pergunto se estão com algum problema, eles dizem que não. Mas, se eu falo em ensaio, parece que estou convidando os três para pular sem roupa num rio gelado e cheio de piranhas. Às vezes, penso que eles estão aprontando alguma pra mim e, na hora H, vão me deixar na mão.

– Mas aprontando por quê? – perguntou Olga. – Você sempre se entendeu tão bem com eles, não é?

– É, mãe. Desde o ano passado, a gente só falava em ganhar o festival. Nas aulas, no intervalo, fora da escola, em todo lugar o nosso assunto era só esse. Era como um pacto, vocês sabem como é. A gente não ia desistir. Mas, de repente, parece que os três esqueceram tudo, e só eu fico aqui pensando na banda. Os Furacões viraram um ventinho.

---

4 OS VIZINHOS INDESEJÁVEIS

Enquanto Gugu terminava seu desabafo, Gérson olhou primeiro para o relógio da parede, em seguida para o outro que tinha no pulso, e franziu o rosto. Precisava sair em cinco minutos, no máximo. Às dez horas, devia participar de uma reunião muito importante. A empresa de eletroeletrônicos em que ele trabalhava como gerente havia sido comprada alguns meses antes por uma multinacional que, além de atuar nesse setor, tinha uma grande produtora de filmes para a televisão nos Estados Unidos e uma gravadora que ostentava no seu catálogo meia dúzia de nomes da música popular conhecidos em todo o mundo.

O diretor-geral, nomeado para coordenar todas as atividades do grupo no Brasil, e outros altos executivos iam ser apresentados naquela manhã, e Gérson estava ansioso para saber se haveria alguma mudança na sua área. Tinha esperança de ser promovido de gerente a diretor de vendas.

Sentindo repentinamente um friozinho no estômago – um sinal de que talvez não estivesse tão preparado para a reunião quanto imaginava –, ele disse:

– Nossa! Como é tarde!

– Aquela reunião é hoje? – perguntou Olga, notando a preocupação dele.

– É, sim.

– Se você falar com o chefão da gravadora, pode dizer que, se ele precisar de uma banda, eu conheço uma que daqui a um século vai detonar – sugeriu Gugu.

– Eu sei – disse Gérson, rindo. – É uma tal de Furacões, certo?

– É isso aí, pai. Você sabe das coisas.

– Filho, eu sempre aceito as suas opiniões – brincou Gérson, antes de pedir mais um café à mulher.

Olga perguntou se ele queria um café novo. Ele disse que sim, desde que fosse rápido, e ela, enquanto acendia o fogão, se lembrou do telefonema da amiga:

– Sabe quem ligou hoje? A Marilisa.

– Marilisa?

– É.

– Marilisa é aquela loira alta, de olhos verdes, nariz arrebitado e...

– É – cortou Olga, meio contrariada.

– E bonitona – completou Gérson, recebendo um olhar cheio de censura da mulher.

– Gérson, você não era assim.

– Assim como?

– Assanhado.

– E o que ela queria?

– Ela vai voltar para a casa dela, na Marcos Arruda.

– Que bom – disse Gérson.

– Não adianta ficar entusiasmado. Ela não vem sozinha. Vem com o marido e os dois filhos...

– Ih – exclamou Gugu, com uma careta.

– Mas não eram eles que não suportavam morar por aqui? – perguntou Gérson.

– Eram. Mas eles acabaram achando o outro bairro pior do que este. A Marilisa me disse que lá só tem gente chata e metida.

– Chatos são eles, mãezona, pode crer – disse Gugu, com uma convicção que desgostou a mãe:

– Como é que você diz isso? A Marilisa e o Ânderson são ótimos.

– O pai e a mãe eu não sei – Gugu deu um desconto –, mas o William e a Melissa são dois sacos. Começa pelos nomes. Dá pra alguém se chamar William e Melissa?

– Aí é cisma sua – protestou Olga. – Eu acho William e Melissa dois nomes muito bonitos e, mesmo que não fossem, eles não têm culpa. Não foram eles que escolheram.

Gugu, que parecia mesmo não ter boas lembranças dos dois, contra-atacou:

– Não foram eles que escolheram, mas que merecem esses nomes enjoados, merecem.

Depois pronunciou, debochado:

– Wil-li-am, Me-lis-sa. Hum! William é um cara que, mesmo sendo baixinho, olha todo mundo de cima. E Melissa é uma garota que não come hambúrguer, nem batata frita, nem cachorro-quente, porque tem pavor de engordar e ficar mais feia do que é. Só se alimenta de ar e água e é tão magra que o seu apelido na escola era Cabo-de-Vassoura-com-Anemia. Ainda bem que só lá eu via a cara dela.

Gérson riu, mas Olga balançou a cabeça:

– Ah, você. Ah, você. Que língua venenosa você tem.

Gérson defendeu Gugu:

– Ele está só brincando. Não é, filho? Pelo que eu me lembro do William e da Melissa, eles eram simpáticos. E o pai deles, como é mesmo o nome?

– Ânderson – respondeu Olga.

– Nas poucas vezes que nós conversamos, eu achei que ele é um pouco... formal e gosta de falar difícil, mas...

– Ele precisa se expressar bem – interrompeu Olga. – Ele é advogado, lembra?

Gérson não respondeu:

– Eu preciso ir.

Levantou-se da mesa, beijou Olga e, dando meia dúzia de tapinhas nas costas de Gugu, o incentivou:

– Filho, o negócio é você falar sério com aqueles seus amigos. Os Furacões não podem morrer.

– Fica tranquilo, paizão. Hoje eu dou uma dura neles. Arrasa lá na reunião, hem?

– Valeu. Pode deixar – respondeu Gérson, agradecendo também os votos de boa sorte de Olga.

---

5 MARQUINHO, O PERDEDOR

Gérson foi para o trabalho e Olga começou a se desembaraçar das pequenas tarefas caseiras que precisava concluir antes de ir para a butique da qual era sócia. Gugu, pisando firme os degraus, como se fosse um soldado marchando para uma guerra, subiu para o seu quarto soltando palavrões contra os três companheiros de banda: o Fontinho era filho disto, o Fontão era filho disso, o Marquinho era filho daquilo. Olga, embaixo, esticou o pescoço para a escada e comentou, com ironia:

– Nossa, como você gosta dos três, hem? E da mãe deles também!

Lá de cima, Gugu confirmou:

– Eu amo aqueles caras. Você vai usar o telefone agora, mãe?

– Não, filho. Pode ficar à vontade.

– Vou ver se falo com o Marquinho.

Gugu ligou. No quarto toque, Marina, a empregada de Marquinho, atendeu. O pai e a mãe dele já deviam ter saído para trabalhar.

– O Marquinho está?

Sentiu hesitação no outro lado da linha.

– Ele... Eu acho que... Quem é?

– É o Gugu – ele disse, com raiva.

– Eu... vou ver. Um momento.

Passou um minuto, passaram dois, e nada.

– Atende aí, atende, seu... – Gugu exigiu, começando a bater nervosamente com os dedos no telefone.

De repente, ele parou de xingar e de batucar e ficou atento ao que parecia um cochicho no outro lado da linha. Prendeu a respiração e imaginou o que estava acontecendo na casa de Marquinho: o amigo (amigo?) recomendando à empregada que desse alguma desculpa, que dissesse que ele tinha saído ou estava dormindo um sono de pedra, porque ele não ia querer falar com aquele chato de jeito nenhum.

– Chato é você – murmurou Gugu.

– O quê? – perguntou uma voz espantada. Era Marquinho atendendo.

– Nada, nada. Eu estava só falando com o meu pai, aqui – mentiu Gugu. – Como você demorou pra atender, hem? O que você estava fazendo?

– Eu... estava dormindo. Ontem fiquei até de madrugada vendo um filme na tevê.

– Que filme?

– Um de um cara que... que... que... – vacilou Marquinho.

– Você agora virou gago, é?

– Não. Eu só estou tentando lembrar como era o filme.

– Deve ter sido um filmão, hem? – zombou Gugu.

– E foi mesmo. Agora eu lembrei como era. Era a história de um maluco que...

Gugu estava de novo irritado:

– Ah, esquece, cara. Eu não liguei pra saber o que passou ontem na tevê. Eu só quero saber se você está a fim de um ensaio hoje. Faz mais de um mês que a gente não...
– Ensaiar hoje? – perguntou Marquinho, truncando a frase de Gugu como se ele estivesse oferecendo um sorvete de gosma. – Acho que não vai dar, porque...
Foi a vez de Gugu interromper Marquinho:
– Eu não acredito. Hoje também você não vai poder?
– É que...
– Por que você não diz logo que está se lixando pra banda e não quer mais nem ouvir falar dela?
– Ô, Gugu, para com isso. Só disse que hoje eu acho que não vai dar.
– É, mas também não deu ontem, anteontem, antes de anteontem, e antes de antes de anteontem, e...
– Ei, calma aí, Gugu. Calma.
– Calma? Lembra que nós juramos que este ano o festival ia ser nosso?
– Lembro, Gugu. Como é que eu ia esquecer disso? Eu não esqueci, não, cara.
– E como é que você quer ganhar se nem ensaiar a gente ensaia? Nós já estamos em janeiro, Marquinho. Quando a gente acordar, abril já chegou e, aí, nós vamos subir naquele palco e ficar um olhando para o outro e dizendo: como é mesmo a música que nós vamos tocar?
Marquinho ficou uns momentos calado. Depois, com voz hesitante, disse:
– Gugu, o Glauco...
O nome sobressaltou Gugu:
– Glauco? O que é que tem o Glauco?
Gugu se lembrou do sorriso do inimigo ao passar com Beatriz diante dele, no pátio, e ao ganhar o festival com os Diabos da Meia-Noite. Depois desses episódios, se Gugu fosse fazer uma lista das pessoas mais detestáveis do mundo, Glauco estaria em primeiro lugar, lá em cima, bem longe do segundo colocado. Era arrogante, presunçoso, insuportável e, com a aproximação do festival, estava um pouco pior: vi-

via proclamando que vencer de novo ia ser fácil. Ele e os outros Diabos da sua banda, que haviam acabado de passar para a sétima série no colégio, estouravam de rir quando alguém dizia que talvez os Furacões tivessem melhorado e podiam ganhar:

– Aqueles lá? Sem chance.

Às vezes, tentando considerar aquilo tudo com honestidade, Gugu achava que, se não fosse a rivalidade entre as bandas, ele poderia ser amigo de Glauco. E, às vezes, até reconhecia que, antes do festival e antes de Glauco roubar Beatriz dele, as conversas entre os dois tinham sido agradáveis. Mas agora não era mais possível uma reconciliação. O que existia entre os dois era uma guerra e, para não se esquecer disso, Gugu dizia a si mesmo:

– Ele é nojento mesmo. Ele e a sua turminha.

Com a odiada imagem dos quatro Diabos na memória, Gugu insistiu na pergunta, agora mais nervoso:

– Marquinho, o que é que tem o Glauco? Você agora anda falando com ele, é? Só faltava isso.

– Nã... Não, Gugu. Eu só queria dizer que o Glauco está numa nova, umas músicas diferentes e uns arranjos meio pirados, como aqueles que a gente estava...

– E como é que está sabendo de tudo isso? Você agora é íntimo do Glauco, é? Quem sabe se eu não estou falando com o novo diabinho dele...

– Não, Gugu. Não é nada disso. Eu tenho uns amigos que andam com a turma dele, você sabe. Eles que me disseram. Eles acham que os Diabos da Meia-Noite vão ganhar o festival outra vez.

– Marquinho, você quer saber a minha opinião?

Gugu ficou esperando a resposta. Como ela não veio, ele, já com a irritação no ponto máximo, explodiu:

– Eles estão certos, Marquinho. Os Diabos da Meia-Noite vão humilhar, vão arrebentar, vão estraçalhar a gente. E sabe por quê?

Novo silêncio de Marquinho, nova explosão de Gugu:

– Porque o Fontão e o Fontinho são dois bundões que nunca têm tempo pra ensaiar e porque você é outro molengão. Mas você é pior ainda do que aqueles dois, porque você é um derrotista.
– Derrotista?! – Marquinho estranhou a palavra, uma das preferidas do pai de Gugu, agora usada pela primeira vez pelo filho.
– É. Derrotista. Vou traduzir: um perdedor. Antes de entrar numa parada, você já imagina que não vai dar, que os outros são melhores, que os arranjos deles são o máximo, que a música é sensacional, que o segundo lugar pra você já está ótimo.

Marquinho protestou sem firmeza e Gugu, achando que já tinha perdido muito tempo com aquela conversa, deu um ultimato:
– Agora eu vou falar com o Fontão e o Fontinho e marcar ensaio pra amanhã à tarde, às duas, aqui em casa. E

você já fica sabendo que é bom não faltar, porque senão eu vou arranjar outro guitarrista, está falado? Até amanhã, então. Às duas, hem? Sem atraso.

Marquinho começou a gaguejar alguma coisa, mas Gugu desligou. Precisava ser mais duro com aquela turminha. Também ia soltar a cachorrada em cima do Fontão e do Fontinho.

Depois de ficar cinco minutos ligando para os dois, e o telefone dando sempre ocupado, resolveu ir à casa deles. Não era longe.

Enquanto isso, na casa de Marquinho, a empregada parou de lavar o chão da cozinha para ir chamá-lo no quarto, bem na hora em que ele tinha começado a tirar uns sons novos da guitarra. Queriam falar com ele ao telefone.

– Droga – ele se queixou, indo atender. – Deve ser o Gugu, de novo.

Não era. Era Glauco.

---

6 TANTA ESPERANÇA, TANTO MEDO

Naquela manhã, como em todas as outras, ao tirar o carro da minúscula garagem do sobrado, concentrando-se como sempre para não raspar o para-lama direito no carro de Olga nem o para-lama esquerdo no muro, passando milagrosamente naquele espaço em que sobravam alguns centímetros de cada lado, Gérson pensou que estava na hora de sair daquele bairro e daquela casa. Esperava que na importante reunião daquele dia se decidisse a sua promoção e, com ela, a possibilidade de comprar um bom apartamento.

Olga e Gugu não gostavam nada quando ele falava naquilo. O bairro já não era tranquilo como catorze anos antes, quando Olga, recém-casada com Gérson, tinha ido morar lá, e o sobrado precisava de várias reformas e de uma boa pintura externa e interna, mas ela, talvez por motivos sentimentais, não conseguia pensar em viver em nenhum outro bairro e em nenhuma outra casa.

E Gugu, que tinha dado seus primeiros passos naquela casa e crescido naquele bairro, brincando nas suas ruas com os amigos, jogando bola e empinando pipa, ficava nervoso toda vez que o pai começava a dizer que, com o sucesso profissional e o salário em alta, tinha planos de comprar um apartamento grande, num bairro melhor, com duas amplas vagas, uma para o carro dele, outra para o carro de Olga. Sempre que o pai falava nisso, Gugu sugeria:

– Pai, por que a gente não faz uma votação?

Gérson, então, sabendo que perderia por 2 a 1, desconversava e ia adiando o projeto. Mas, nos últimos tempos, vinha insistindo na ideia da mudança e, naquela manhã, sonhando com a promoção que poderia ter dali a pouco, na reunião, foi anotando mentalmente, enquanto lastimava a lerdeza do trânsito, algumas atrações que poderiam modificar a opinião da mulher e do filho sobre o apartamento: a quadra de esportes, o salão de festas, a sauna, a piscina.

Sem dizer nada a Olga e a Gugu, ele tinha ido ver, uma semana antes, um edifício em fase final de construção. O corretor havia mostrado um apartamento já pronto, decorado, e Gérson, encantado com o lugar, próximo do emprego dele, e com o prédio, moderno, bonito e ensolarado, tinha prometido ligar alguns dias depois e marcar uma nova visita, na qual esperava estar acompanhado de sua mulher e do filho.

Tinha certeza de que, se Olga fosse ver o apartamento, ficaria fascinada com a ideia de ir morar lá. Havia coisas que ele julgava irresistíveis para uma mulher: o acabamento ficaria a critério de cada comprador e ela, assim, poderia escolher o tipo de pintura, o piso da sala, os azulejos dos dois banheiros e a disposição dos armários da cozinha.

Além disso, a uma quadra do prédio havia um parque com um laguinho simpático, cheio de peixes e patos, e – o que era melhor ainda – uma pista de *cooper* recentemente inaugurada. Para Olga, que andava suspirando por um lugar decente para umas caminhadas matinais que a impedissem de continuar engordando, não poderia haver tentação maior.

O grande problema, Gérson sabia, ia ser dobrar Gugu. Se deixar os amigos do bairro era inaceitável, o que ele diria se o pai comunicasse que ele teria de ir para outra escola? Ele estava acostumado com o colégio, gostava dos professores, dos colegas e – Gérson desconfiava – devia ter uma namoradinha lá, porque vivia falando numa garota. Como era mesmo que ela se chamava? Roseane? Josiane? Luciane?

Esforçou-se para lembrar o nome e, quando estava com ele na ponta da língua, precisou afrouxar a pressão que fazia sobre a memória porque um motoqueiro, esbarrando bruscamente no espelhinho do carro, o fez esticar o pescoço para fora e gritar:

– Não enxerga, não?

O motoqueiro fez um sinal mais ofensivo do que mil palavrões. Quando Gérson pôs de novo a cabeça para dentro do carro, o nome da garota havia escapulido, mas, ainda com o sangue fervendo por causa do incidente, tinha decidido de uma vez por todas: se a reunião daquela manhã acabasse como ele previra, com a promoção dele a diretor de vendas, ia comprar o apartamento e, se Olga e Gugu quisessem continuar no sobrado, ele diria que era impossível, porque o sobrado tinha sido oferecido como entrada no negócio.

Imaginando como seria a cena em que daria aquele ultimato aos dois, ele subitamente percebeu que estava resmungando. E, para não perder o embalo, acabou xingando em voz baixa outro motoqueiro que passou rente ao espelhinho.

Chegou ao edifício da empresa quinze minutos antes do horário marcado para a reunião e tentou convencer-se de que estava nervoso não por causa dela, mas pelo esbarrão do motoqueiro.

Subiu ao andar em que trabalhava, o sétimo, cumprimentou a recepcionista e, entrando na sua sala, procurou ver no rosto da secretária, Semíramis, algum sinal de que também ela estava confiante na promoção dele. Mas o olhar da bela moça ruiva lhe pareceu o de sempre: amistoso mas profissional, sem nenhum indício de entusiasmo. Perguntou se havia algo a despachar antes da grande reunião, mas Semíramis disse que não. Ele teve, então, catorze minutos para perceber que nunca, em toda a vida, tinha sido atormentado por um nervosismo tão forte. O suor começou a se formar em sua testa e a escorrer sobre o nariz.

Ele foi ao banheiro, passou água no rosto e nas mãos, enxugou-se demoradamente e, ao sair dali, notou que um minuto depois o suor estava de volta.

Assim que voltou à sua sala, foi recebido por um olhar inquieto, quase aflito, de Semíramis. Ele estava sendo esperado no oitavo andar. A reunião ia começar.

– Já? – ele se assustou, olhando desconfiado para o seu relógio, que marcava três para as dez, como se aquele preguiçoso, que às vezes resolvia se atrasar, tivesse acabado de cometer mais uma de suas traições.

Foi pela escada, porque seria um luxo pegar o elevador para subir um andar e também porque, retardando o passo entre um degrau e outro, podia tentar acalmar o descompassado ritmo do coração.

Quando pôs o pé no último degrau, impressionou-se com a majestade que viu logo no corredor. Ali, até dois meses antes, tinha funcionado uma importadora e exportadora que, falida, precisou abandonar o prédio. A multinacional que tinha comprado a empresa em que Gérson trabalhava havia alugado o andar todo e feito ali uma reforma geral. Enquanto o serviço estava sendo executado, comentava-se que as salas onde ficaria a alta direção da multinacional eram amplas e imponentes como as de um palácio, mas Gérson não imaginava que tudo pudesse ficar daquele jeito: deslumbrantemente bonito, maravilhosamente suntuoso.

No meio do corredor, sentada diante de uma bancada semicircular, estava a recepcionista, uma fascinante morena de grandes olhos verdes.

– Veio para a reunião? – ela disse, com uma voz que ele achou comum demais para tanta beleza.

Ao Gérson responder que sim, ela perguntou seu nome e, quando ele disse, teve a gostosa surpresa de ouvir:

– Gerente de vendas de eletroeletrônicos, não é isso? Depois de fazer uma anotação numa vistosa agenda com capa de couro, ela indicou uma sala no fundo do corredor.

Gérson procurou dar os vinte ou trinta passos que o separavam do local da reunião com a segurança que devia aparentar quem estava para receber a mais importante promoção de sua carreira. Discretamente, esfregou as mãos na calça, lamentando que ela não fosse de lã, para absorver mais o suor, e sorriu ao pensar que talvez se acalmasse se pudesse entrar na sala assobiando uma musiquinha.

Quando chegou à porta e olhou para seu interior, teve a impressão de que a recepcionista havia passado um trote nele: viu uma mesa imensa rodeada de luxuosas cadeiras, mas nenhuma ocupada por ninguém.

Virou-se para a bela morena e, erguendo os ombros, perguntou com os olhos: o que está acontecendo? Com a mão, ela fez sinal para que ele entrasse.

Gérson entrou e, enquanto decidia se era melhor ficar em pé ou sentar-se, ouviu um burburinho no corredor, passos de meia dúzia de pessoas que deviam ter saído do elevador e pararam por um momento diante da bancada da recepcionista. Ele a imaginou anotando os nomes na agenda, ouviu a voz dela e outras, alguns risinhos, uma tosse nervosa, logo acompanhada por um pigarro, e – um minuto ou um século depois – se sentiu, em pé ali na enorme sala vazia, como alguém que de repente percebe ter ido de bermuda a um jantar de gala.

7 OS OUTROS DOIS MOLENGAS

Eram só dois quarteirões até a casa de Fontão e Fontinho, mas no fim do primeiro o sol já forte das nove horas quase fez Gugu entrar numa padaria grande, de esquina, para tomar um refrigerante. Mas havia tanta gente lá dentro que ele passou direto. Agora Gugu entendia por que todos no bairro diziam que aquela padaria – uma das cinco do pai de Fontão e Fontinho – era uma mina de ouro. E o nome Fontes não estava só na fachada das cinco padarias. Figurava com destaque também em um posto de gasolina recentemente aberto, que parecia estar indo muito bem.

O sucesso comercial de Antônio Fontes, que ao começar a trabalhar com o pai o ajudava só na direção do único negócio da família – a padaria pela qual Gugu tinha acabado de passar –, subiu à sua cabeça. E, com os comentários de que um partido político o colocaria na lista de candidatos a vereador, para aproveitar sua fama e popularidade, sua vaidade foi a mil. Substituiu o bigode tímido por um bigodão, as roupas simples por ternos de grife, o carro modesto por um carrão importado, seu corpo avolumou-se e, onde ele surgia, as conversas logo começavam:

– Olha lá o Fontes. Com meio por cento do que ele tem, eu passava o resto da vida na praia.

A grandeza de Antônio Fontes era tanta que começou a se esparramar pela família. A mulher, que antes de se casar tinha sido uma obscura e nem sempre muito eficiente caixa na primeira padaria do grupo, assumiu ares de nobre já desde os êxitos iniciais do marido e tornou-se conhecida pela rapidez com que contratava e despedia empregadas, nunca julgando nenhuma capaz de trabalhar naquilo que ela costumava chamar de palacete e que era, não se podia negar, a maior e mais imponente casa do bairro.

Suas roupas eram a cada mês mais espalhafatosas e seu jeito de falar cada vez mais afetado, embora os erros gramaticais continuassem denunciando sua falta de escolaridade. As vizinhas, incomodadas com sua pose, referiam-se a ela jocosamente como duquesa Fontes ou rainha Manuela.

Criados nesse ambiente em que tudo era motivo de exaltação e orgulho, os filhos de Manuela e Antônio não escapavam dessa majestade toda, que acabava respingando sobre eles. Albano Fontes, o mais velho, conhecido como Fontão, era intoleravelmente convencido e não admitia ser inferior a ninguém em nada. Quando era contrariado por algum garoto na escola, fazia cara de choro, depois arreganhava os dentes, como um cachorro louco, e partia para a briga. Seu apelido, no colégio, era Nervosinho da Sexta. Agora, que estava indo para a sétima série, talvez o apelido fosse também promovido e ele passasse a ser o Nervosão da Sétima.

Seu irmão Adriano, que tinha um ano a menos, era tão prepotente quanto ele e, por ser da mesma altura e reagir com mais fúria ainda que Albano quando contrariado, às vezes provocava comentários do tipo:

– Ele é que devia ser o Fontão.

Antônio e Manuela Fontes viviam anunciando que iam tirar Fontão e Fontinho do colégio do bairro e matriculá-los em um muito melhor. Mas o tempo passava e os dois continuavam ali, o que provocava, nos invejosos, a observação de que ou os negócios de Antônio Fontes não andavam tão bem ou ele era meio pão-duro.

Naquele início de ano, no dia das matrículas, já preocupado com o futuro da banda, Gugu tinha ficado atento à fila na escola, com medo de que a ameaça fosse concretizada e de que Fontinho e Fontão fossem para o Machado de Cintra e Souza, um colégio que funcionava em outro bairro, a uns oito quilômetros dali, famoso pelas altíssimas mensalidades cobradas dos alunos.

Foi um alívio ver o baixista e o vocalista de sua banda chegando quase no fim do horário reservado para quem queria uma vaga para aquele ano: se os dois fossem para o outro colégio, as dificuldades para manter os Furacões vivos, que já eram muito grandes, poderiam se tornar quase insuperáveis.

No dia das matrículas, Gugu tinha abraçado os dois irmãos e dito, com entusiasmo:

– Este ano o Glauco e aquela turminha dele vão se ferrar com a gente!

Recordando a cena, já quase chegando à enorme casa de Fontão e Fontinho, Gugu lembrou-se da decepção que havia sentido quando, querendo marcar já naquela manhã um ensaio, tinha ouvido Fontão dizer:

– Depois a gente vê isso, Gugu. Não dá pra combinar nada agora, sabe por quê? É capaz de a gente ir pra Disneylândia esta semana. O meu pai e a minha mãe estão decidindo. Não é, Fontinho?

– Hem? – havia perguntado Fontinho, parecendo surpreso. – Ah, é. Eles estão decidindo. Sabe quanto tempo faz que a gente não vai lá? Quase um ano. E... – E a minha mãe leu que tem umas novas atrações por lá – completou Fontão. – Hoje ela vai ligar pra agência de viagens, não é, Fontinho?

Fontinho havia concordado e Fontão, como se estivesse fazendo um grande favor, tinha recomendado a Gugu que telefonasse dali a uns dois dias. Gugu havia telefonado e, embora os dois não tivessem viajado nem para a Disneylândia nem para nenhum outro lugar, deram uma desculpa para não marcar o ensaio da banda. E, nos dias seguintes, foram inventando outros pretextos.

Gugu estava farto daquilo. Janeiro já ia caminhando para o começo da segunda quinzena, e os Furacões continuavam sem se reunir. Por isso, ao dobrar a esquina do casarão dos irmãos Fontes, ele acelerou o passo e, quando enterrou o dedo na campainha, teve um pensamento heroico: se Fontão e Fontinho não prometessem aparecer na tarde seguinte na casa dele, para o primeiro ensaio depois de mais de um mês sem nenhuma atividade, ele ia ameaçar fazer uma greve de fome ali na frente.

Só depois do terceiro toque e do escândalo feito pela meia dúzia de cachorros do casarão, quando Gugu já estava achando que os dois irmãos tinham dado ordem para ninguém ir atendê-lo, surgiu andando pela espaçosa entrada lateral uma empregada lenta, de avental azul, que o encarou como se ele fosse vendedor de terrenos no cemitério.

– Pois não? – ela disse, olhando mais para um casal de pombos que ciscava na calçada do que para ele.

– Eu vim falar com o Fontão e o Fontinho.

A mulher hesitou um pouco. Depois, como se não tivesse ouvido, perguntou:

– O quê?

– Eu vim falar com o Fontão e o Fontinho. Eles estão?

Ela demorou uns instantes para responder:

– Eu não sei.

Diante do olhar de desconfiança de Gugu, ela pediu:

– Você espera um pouquinho, que eu vou ver?

Nesse momento Gugu teve a atenção despertada por um movimento no janelão da sala. Alguém parecia estar espiando pela fresta da cortina.

Andando mais devagar ainda, como se não tivesse nada para fazer nos próximos vinte anos, a empregada dirigiu-se para os fundos do casarão e Gugu, que maldosamente já tinha dado a ela o apelido de tartaruga de avental azul, ficou esperando. Um cachorro mal-encarado escapou de algum lugar e veio até o portão, latindo furiosamente.

Houve um novo movimento furtivo na cortina e, alguns minutos depois, a empregada chegou para avisar:

– O Albano e o Adriano já vêm vindo.

Ela pronunciou os dois nomes como se estivesse anunciando a chegada de uma dupla de príncipes, e Gugu, depois de agradecer, imaginou se não devia se colocar de joelhos para esperá-los.

Nesse instante, um cachorro pequeno, com jeito de filhote, veio correndo, juntou-se ao outro e começou a latir ainda mais ruidosamente do que ele.

– Nossa, como esse baixinho é valente – comentou Gugu.

– É, ele não é fácil, não – disse a mulher, abrindo pela primeira vez um sorriso.

Em seguida, ela tentou espantar os dois cães para os fundos. O maior obedeceu, mas o pequenino resistiu, até que ela o pegou no colo, para levá-lo.

– Quieto, Leão. Quieto aí – ela pediu.

Gugu riu e não conseguiu segurar a pergunta:

– O nome dele é Leão?

A mulher, que já tinha começado a fazer o caminho de volta pela entrada lateral, virou o rosto para trás e confirmou:

– É, sim. E aquele outro é o Rei.

Gugu balançou a cabeça. Enquanto isso, o cachorrinho voltou a latir com fúria, tentando escapar dos braços da empregada, como se quisesse provar que merecia aquele nome. O outro, de longe, olhou com desprezo para Gugu. Pelo visto, a mania de grandeza, ali, não se restringia aos donos da casa. Foi o que pareceu insinuar, com um sorriso agora mais largo, a empregada, antes de desaparecer com os cachorros na parte de trás.

Dali a pouco, pela porta principal, com cara de condenado caminhando para a forca, saiu Fontinho. Dois passos atrás, com expressão ainda mais infeliz, vinha Fontão.

8 NO AR, UM CHEIRO DE TRAIÇÃO

O desagrado dos irmãos Fontes estava tão evidente quando chegaram ao portão da casa que Gugu não aguentou e resolveu dar uma cutucada nos dois:

– Puxa, como vocês estão animados, hem? Onde é a festa?

Fontinho olhou para Fontão, como se perguntasse: você, como irmão mais velho, vai dar uma resposta a esse cara ou será que eu é que vou precisar fazer isso?

Fontão entendeu o recado. Depois de sair com o irmão para a calçada, bateu o portão estrondosamente, para que Gugu perdesse qualquer esperança de ser recebido dentro da casa, e, como se Gugu não tivesse nenhum motivo para estar ali, perguntou:

– E aí, cara? Tudo bem? O que é que você está fazendo por aqui?

Gugu respondeu com ironia:

– Sabe que nem me lembro? Eu estava andando, me distraí e, quando fui ver, estava na frente da casa de vocês.

Então pensei: já que estou aqui, vou dar um alô pros meus amigos.

– Foi uma boa ideia – disse Fontão. – É ou não é, Fontinho?

Fontinho fez que sim, com a cabeça, e Fontão continuou:

– Ainda hoje cedo eu estava dizendo pro Fontinho que você andava sumido.

– Sumido? – protestou Gugu. – Você está brincando comigo, só pode ser. Sumidos estão vocês. Eu telefono, telefono, telefono, não paro de telefonar, tento marcar reuniões, ensaios, e vocês não podem nunca. É ou não é?

– É verdade – admitiu Fontão. – A culpa é nossa. Mas é que a gente não está podendo, mesmo.

– Eu sei. Um dia é uma coisa, outro dia é outra – disse Gugu, tentando não explodir. – Mas problema é assim mesmo, a gente nunca sabe quando vai aparecer.

– Ainda bem que você é legal – elogiou Fontão. – O Fontinho ontem me falou que você já devia estar nervoso com a gente, mas eu disse que não, porque você é um cara bacana. Se não fosse você, a banda já era. É o que eu digo sempre pro Fontinho. Você é a alma dos Furacões! Foi você quem teve a ideia da banda, que organizou tudo, que é o chefe.

Essa frase acalmou Gugu e ele achou bom mostrar um pouco de modéstia:

– Também não é assim. Eu só...

– É, sim – disse Fontinho, reforçando as palavras do irmão.

– Não é, não. Eu só estou tendo menos coisas pra fazer nas férias que vocês, eu acho, e então fico pensando na banda e me apavoro porque abril logo chega e aí...

– Aí o Glauco e aquela turma dele acabam com a nossa raça, se a gente não começar a ensaiar logo – concluiu Fontão.

Gugu olhou para ele e teve vontade de abraçá-lo. Parecia que nem tudo estava perdido. Por um instante, ele teve a antevisão do apresentador do Grêmio Esportivo e Social 23 de Abril anunciando, dali a três meses:

– E agora, com vocês, a banda campeã do festival, para a reapresentação da música vencedora. Na bateria, Gugu. Na guitarra, Marquinho. No baixo, Fontinho. No vocal, Fontão. Aplausos de todos para os... Furacões!!!

Sorrindo como se já estivesse vivendo o grande momento, ele disse a Fontão:

– Agora você falou tudo. Se a gente não começar a ensaiar já, tchau. Aquela turma leva o troféu de novo.

– É, periga isso mesmo. Eles estão ensaiando direto – informou Fontão.

– Dizem que estão arrasando. O Glauco acha que não vai ter pra ninguém – acrescentou Fontinho. – Sabe como ele anda chamando a nossa banda? Os Furadões.

– Furadões?! Furadões?! – exclamou Gugu, ficando depois um minuto parado, com a boca aberta, como se tivesse sido condenado a dizer só aquela palavra humilhante até o fim da vida. – Furadões?!

Quando o ódio lhe deu um descanso, ele conseguiu dizer:

– É por isso que eu estou aqui. Nós vamos deixar aquela bandinha gozar a gente outra vez? Eu liguei agora há pouco pro Marquinho e...

– Como ele está? – cortou Fontão.

– Tudo bem. É uma figura, aquele cara. Ele andou meio enrolado, como vocês, mas parece que agora desembaçou. Eu até falei que ia conversar com vocês pra marcar um ensaio pra amanhã à tarde e ele...

– Amanhã à tarde? – disse Fontão, assumindo expressão igual à de um executivo de repente interrogado sobre a possibilidade de abrir espaço em sua mais do que cheia agenda.

Fontinho também fez cara de compenetrado, como se fosse um homem de negócios a quem tivessem feito um convite para largar tudo e ir passar um dia na praia, e Gugu se preparou para ver mais uma proposta de ensaio recusada.

— *O Glauco acha que não vai ter pra ninguém. Sabe como ele anda chamando a nossa banda? Os Furadões.*

Mas Fontão, como se fosse um rei concedendo uma graça a um súdito, consultou o irmão:

– Acho que amanhã à tarde a gente pode, não é, mano?

Fontinho ficou um instante em silêncio, para valorizar a resposta, coçou a cabeça e finalmente concordou:

– É, acho que a gente pode, sim.

Os dois pareciam esperar que Gugu se atirasse aos pés deles, para agradecer. Mas ele disse apenas:

– Valeu. Está combinado, então. Às duas está bom pra vocês?

Fontão e Fontinho ainda levaram algum tempo para decidir se o horário era conveniente. Quando disseram que sim, Gugu já estava tão enjoado dos dois que resolveu ir embora. Se ficasse mais um pouco por ali, ia acabar pulando no pescoço deles e iria sacudi-los até acabar com aquela pose.

Os irmãos deram mais um tempinho e, quando viram Gugu dobrar a esquina, Fontão virou-se para Fontinho:

– Cada dia esse carinha está mais chato, hem? É dose pra baleia! Se o Glauco roubou a namorada dele, o que nós temos com isso? Bem que você falou. Desde o começo, ele sempre quis ser o chefão. Um bateristinha mixuruca dando uma de maestro. A gente faz tudo e ele fica só esperando a hora do discurso.

Fontinho sorriu:

– É. O que ele falou de abobrinha no festival foi muito, lembra?

– E isso porque nós ficamos em segundo. Se a gente ganhasse, ele ia estar falando lá até agora.

– É, mas este ano... Acho que os Furacões vão ser só dois. Ele e o Marquinho.

– Não sei, não. O Marquinho anda bronqueado e também é capaz de se mandar.

– É. Eu também acho. Vamos dar aquela ensaiada agora?

– É uma boa – respondeu Fontão. – Abril vem aí. Vamos lá?

– Será que aqueles vagabundos já acordaram?

– Se eles ainda estão na cama, a tia dá um jeito neles, que nem ontem.

Enquanto os irmãos Fontes tinham esse diálogo, Gugu, no caminho de volta para casa, foi assaltado por uma desagradável sensação que o vinha perseguindo fazia um mês: alguma coisa estranha, muito estranha, vinha acontecendo com Marquinho, Fontão e Fontinho. Parecia haver uma conspiração contra os Furacões, e só ele não sabia. Daquele jeito, ele ia acabar tendo de assumir que Glauco estava certo: a banda devia mesmo se chamar Os Furadões. Entrando na padaria para matar a sede, ele teve de repente quase certeza de que ainda naquele dia, ou no seguinte, alguém ia dar um jeito de mandar um tio para o hospital ou matar uma avó para desmarcar o ensaio.

Ao sair da padaria, com o humor já um pouco melhor depois de beber um refrigerante, ele começou a assobiar a música que achava a ideal para os Furacões apresentarem em abril, no festival. Era um *rock* de uma banda inglesa nova, um estouro nas paradas, e talvez a paixão de Gugu por essa música pudesse ser explicada pela parte da bateria, muito forte, principalmente no meio, com um solo de quase um minuto.

Tinha esquecido as preocupações com Marquinho, Fontão e Fontinho e estava quase feliz agora, cantarolando o final do *rock*, quando outra sensação que o vinha atormentando nos últimos dias o fez virar rapidamente o rosto para trás. Parecia um absurdo aquilo, ele sabia, mas desde a semana anterior achava que estava sendo seguido. Por quê? Por quem? Para quê? Sempre que fazia essas perguntas, não achava uma resposta razoável para elas. E, quando se mantinha alerta para descobrir se suas suspeitas se confirmavam, não via ninguém que desse a impressão de estar interessado nos seus passos.

Também dessa vez não viu ninguém ali onde esperava flagrar um perseguidor. A não ser que levasse em consideração aquele baixinho que vinha descendo a rua. Mas o que aquele sujeitinho poderia querer com ele?

Chegou à sua casa no momento em que a mãe, tendo acabado de fazer uma maionese para o almoço, ia tomar banho e se vestir para ir trabalhar.

– Tem maionese na geladeira e ravióli no micro-ondas – ela avisou, fazendo o filho sorrir, mais pelo ravióli, um dos seus pratos preferidos, que pela maionese. – Eu vou me aprontar.

– É cedo ainda, mãe.

– Eu sei, filho. Mas é que eu preciso cada vez de mais tempo para disfarçar esta minha cara de bruxa. A idade vai pesando, sabe como é? Aqui eu até posso ter esta cara de dona de casa, mas lá na butique eu preciso caprichar, senão eu assusto as clientes.

– Ah, que é isso? Você está uma gatona, mãe.

– Não é o que me diz o espelho – ela contestou, começando a subir a escada.

Um som esganiçado veio da rua. Quase não dava para ouvir o que o vendedor apregoava:

– Pamonhas, pamonhas. Pamonhas de Piracicaba.

O carro do pamonheiro começou a se engasgar e tossir com tanto estardalhaço que Gugu, sorrindo, foi até o janelão da sala e, entreabrindo a cortina, olhou para fora. Arregalou os olhos. Enquanto acompanhava o moroso deslocamento da estropiada perua do vendedor de pamonhas, surpreendeu na outra calçada, andando furtivamente como um rato, o baixinho que tinha visto logo depois de sair da padaria dos Fontes.

Abriu a porta estabanadamente e saiu. Ia encostar aquele sujeito no muro e perguntar o que ele estava querendo, afinal, para ficar andando assim atrás dele.

Precisou esperar a passagem de dois carros e uma moto antes de atravessar a rua e chegar à outra calçada. Sua decepção foi enorme. Não viu nem sinal do baixinho. Ele devia ter virado a esquina.

Acelerando o passo, Gugu dobrou a esquina e teve outra decepção. Não havia ninguém por ali, a não ser um senhor que esperava seu cachorrinho cheirar o poste. Mas de repente sua memória lhe mandou um recado. E Gugu descobriu, xingando-se intimamente por não ter lembrado disso antes, que as duas vezes nas quais havia visto o baixinho naquele dia não tinham sido as primeiras.

---

9 UNIDOS PELO DESPEITO

Parado no meio da sala, Gérson viu a entrada de nove ou dez homens empertigados, que pareciam ter feito a roupa no mesmo alfaiate, e uma mulher loiríssima, tão bem-vestida que poderia estar na capa de uma revista especializada em moda.

Todos passaram por ele e, para alívio de Gérson, não houve cumprimentos formais. Só um deles, Juarez, o único que ele conhecia – diretor da empresa de eletroeletrônicos na qual Gérson trabalhava –, deu um tapinha no seu ombro.

Aquele que parecia ser o líder do grupo, um homem alto e muito magro, de pele acobreada e olhos negros, assumiu a cabeceira da mesa e fez um sinal para que todos se sentassem. Depois que eles se acomodaram, o homem, que havia permanecido em pé, agradeceu a presença de todos e disse:

– Meu nome, a maioria de vocês já sabe, é Paulo Garcia, e eu sou o diretor-geral da empresa.

Gérson logo notou alguma coisa estranha ali. A frase dita pelo homem havia soado mais ou menos assim aos seus ouvidos:

– Mi nome, a maioria de vocheis chá chabe, és Pablo Garcia, e iô soi o diretor-general da empressa.

A mulher, que tinha sentado ao lado de Gérson e exibia agora, além da elegância, um soberbo par de pernas cruzadas, olhou para ele, balançou a cabeça e deu um risinho baixo, como se dissesse: notou o sotaque ridículo desse sujeito aí?

Já acostumado ao portunhol (ou seria espaguês?) do homem, Gérson ouviu-o dizer que estava assumindo a administração-geral da empresa e iria comandar as atividades de todas as áreas, desde as ligadas ao setor de eletroeletrônicos até as relacionadas com a produção do que ele chamou pomposamente de núcleo artístico: a gravadora, que pretendia ampliar sua participação no mercado, com a contratação de novos astros, e o estúdio de filmes para o cinema e para a tevê, também com planos de expansão.

Gérson ficou quase indignado ao ver a pouca importância que o figurão dava à área dele, a de eletroeletrônicos, e o seu desagrado, traduzido num resmungo, foi percebido por pelo menos uma pessoa na sala. A loira olhou furtivamente para ele e disse baixinho:

– Mandaram esse gringo aqui para danar a gente.

O homem falou por uns quarenta minutos, expondo os projetos que, segundo ele, fariam a empresa ocupar logo um lugar entre as duzentas maiores do mundo, e apresentou um homem bigodudo e careca, que passaria a ser o superintendente de operações do estúdio cinematográfico, e um rapaz cabeludo, de brinquinho na orelha esquerda, que seria o superintendente da gravadora.

Depois, agradeceu a presença de todos e perguntou se alguém queria dizer alguma coisa. Juarez, o diretor da área de eletroeletrônicos, levantou a mão e Gérson teve sua esperança atiçada: se Juarez fosse pedir a promoção a superintendente, isso abriria a vaga de diretor cobiçada por Gérson.

Mas Juarez, nos cinco minutos em que falou, não fez nada além de elogiar Paulo Garcia, dizendo que ele era um executivo com destacada atuação nos Estados Unidos e no México, onde tinha trabalhado nos últimos sete anos, e que ele, Juarez, estava à disposição para tudo aquilo de que o diretor-geral necessitasse.

– Puxa-saco – disse a mulher, mais para dentro do que para fora.

Gérson ainda ficou esperando que Juarez falasse na promoção. Ao ver que ele não ia tocar no assunto, olhou para a loira e disse baixinho, concordando:

– Puxa-saco.

Depois de ouvir a bajulação de Juarez, o diretor-geral perguntou se tinha mais alguém querendo dizer alguma coisa. Como não havia, ele encerrou a reunião e, desejando um bom-dia a todos, disse que podiam ir para suas salas.

Gérson foi o último a sair. Desanimado, retardou o passo. Queria desfrutar por mais uns instantes a sensação de estar ali no oitavo andar, no meio de todo aquele luxo e daquela ostentação de poder. De todos os participantes da reunião, ele e Juarez eram os únicos que ficariam trabalhando no sétimo andar. Não havia sobrado espaço, no oitavo, para o setor de eletroeletrônicos, considerado indigno de se localizar ao lado da área nobre da empresa, a artística.

Ao passar pela recepcionista, Gérson julgou surpreender uma ponta de desprezo no seu sorriso e um pouco de zombaria no até logo que ela disse. Entretido em xingar mentalmente Juarez por sua covardia, custou a notar que a loira havia retardado também o passo e caminhava agora ao lado dele.

– Quer um café? – ela propôs, pondo a mão no braço dele e indicando uma porta aberta logo depois do meio do corredor.

Gérson não chegou a responder. Resoluta, a mulher o conduziu até uma saleta em que uma secretária olhava compenetrada para um computador.

– Está pronta a lista, Ângela? – a loira perguntou.

– Está, sim – respondeu a secretária. – Só estou dando uma repassada, para ver se não tem nenhum erro.

– Ótimo. Depois quero dar uma espiada, antes de você encaminhar – avisou a loira, passando pela saleta e entrando com Gérson numa sala espaçosa em que havia uma grande mesa com tampo de vidro, atrás da qual uma gravura mostrava um incêndio numa floresta.

Ela se sentou e acenou para que ele se sentasse também. Depois, pediu:

– Ângela, você traz um cafezinho para nós?

Notando a admiração de Gérson, ela perguntou:

– Está gostando da minha sala?

Gérson brincou:

– É boa. Não é assim um palácio, mas se você quiser trocar comigo... A minha tem uma vantagem: se o elevador pifar, você vai subir um andar a menos pela escada.

– Ah, você é lá dos eletroeletrônicos – concluiu a loira, agradecendo em seguida a Ângela, que vinha trazendo uma bandeja com os cafezinhos.

– Sou – ele respondeu e, resolvendo manter o tom de bom humor, completou:

– O famoso Gérson Miranda, ao seu dispor. Se precisar de computadores, agendas eletrônicas e outras bugigangas desse tipo, é comigo mesmo.

Ela riu e se apresentou:

– Eu sou a Luana. Luana Dias, a maior descobridora de talentos da música brasileira. Pode apostar numa coisa: de cada dez sucessos que você ouve no rádio ou na tevê, onze começaram a nascer nesta cabecinha loira – ela disse, apontando a própria testa com o dedo indicador. – Pode acreditar nisso. Mas pode acreditar mesmo, está ouvindo?

– Eu acredito – Gérson se apressou em concordar, porque ela, com os enérgicos olhos cinzentos fixos nele, cobrava uma resposta.

Satisfeita, ela mostrou, em um dos cantos da sala, uma estante repleta de CDs:

– Está vendo aquilo? São mais de quarenta CDs, quarenta!, e todos, todos, todos, está ouvindo? – ela perguntou, enfaticamente –, todos chegaram ou ao primeiro, ou ao segundo, ou ao terceiro lugar nas paradas. Pode ir lá ver. Garanto que você conhece *todos* esses cantores, *todas* essas cantoras e essas bandas que estão ali. E quem descobriu essa turma, quem lançou esse pessoal todo, sabe quem foi? Eu, Luana Dias – ela mesma respondeu, agora batendo a mão aberta no peito.

Impressionado com a energia de Luana, Gérson se levantou da cadeira e foi até a estante, porque sentiu que, se não fosse logo, ela cravaria a censura cinzenta dos seus olhos nele.

Enquanto ele, examinando os CDs, se certificava de que Luana não havia mentido, ela, que também havia se levantado e estava ao lado dele, curvada diante da estante, ia comentando:

– Esse aí ganhou o disco de ouro. Lembra de como essa música tocou? Nossa! Nem eu, a mãe da criança, aguentava mais ouvir. Aquela ali ganhou o disco de platina. E essa rapaziada aí ficou seis meses na Europa, fazendo três *shows* por semana. Todos eles reconhecem que, se não fosse eu, eles não iam conseguir nada. Foram milhões e milhões de dólares que a gravadora faturou. E sabe o que foi que eu ganhei com isso tudo?

Antes que Gérson dissesse alguma coisa, ela desabafou:

– Ganhei só promessa. Cada novo sucesso que eu produzia, cada nova banda que eu lançava, cada astro que eu criava, era aquela conversa: eu ia ser promovida, eu ia ser recompensada, eu ia ter participação nas vendas, eu ia não sei o quê, eu ia não sei o que lá. E eu trabalhando, trabalhando, e a gravadora crescendo, crescendo, e eu esperando, esperando, esperando, e sabe o que me dão de vez em quando? Migalhas, só migalhas.

– Mas você parece que está bem aqui – comentou Gérson, fazendo com as mãos um gesto que indicava a amplitude da sala.

– Bem?! – exclamou Luana, irritada. – Isto aqui não é nada, perto do que eles me devem. Você viu na reunião aquele cabeludo de brinquinho?

– O superintendente da gravadora?

– É, aquele lá. Faz um mês, aqui nesta sala mesmo, me garantiram que a superintendente da gravadora ia ser eu, que já estava tudo certo e definido. E eu, burra, mais uma vez acreditei. Foi só na semana passada que soube que aquele cara de língua enrolada tinha indicado esse sujeito, que trabalhava numa gravadora de fundo de quintal. Agora pergunto: dá para aguentar? É duro, isso.

– É, eu sei – concordou Gérson. – Eu também estava esperando uma promoção hoje e...

– Eu vi que você estava soltando fumaça pelos olhos lá na reunião. É por isso que eu quero abrir o meu coração com você. Eu precisava de alguém para desabafar. E, pelo visto, você está precisando também.

Gérson contou então todas as suas esperanças, as suas frustrações, e, quando ele terminou, Luana abriu uma gaveta e tirou de lá um pôster no qual aparecia um cantor olhando sonhadoramente para um microfone, como se estivesse falando com a namorada.

– Você conhece este aqui? – Luana perguntou.

– Conheço, claro – disse Gérson. – Quem não conhece o Lucky Green? Ele é da gravadora?

— É.
— Eu não sabia. Minha mulher é muito fã dele. Eu também.
— Sabe quem trouxe o Lucky para gravar aqui? Fui eu. Podia levar esse garoto para mil lugares, porque todo mundo queria, mas ele é meu primo e eu tanto batalhei para ele vir para cá que acabou vindo. O Lucky representa uns dez por cento do faturamento da gravadora, mas é tratado como se fosse um cantorzinho qualquer. Qualquer hora ele cai fora e aí eu quero ver. Todo dia ele me liga e diz que vai jogar tudo para o alto, mas eu peço que espere um pouco, se acalme. Mas se a situação aqui não mudar para o meu lado, sabe o que faço? Eu saio e levo o Lucky junto.

Os dois conversaram mais um pouco, tomaram outro cafezinho. Quando Gérson saiu da sala de Luana, havia entre ele e ela, além daquela simpatia que costuma surgir

entre os injustiçados, um pacto não escrito, mas subentendido no beijinho que trocaram ao se despedir: um procuraria contar ao outro tudo que soubesse sobre os bastidores da empresa e, sempre que pudessem, os dois se ajudariam. Estavam unidos pelo despeito.

10 A BONEQUINHA SEM JUÍZO

Só depois de ficar meia hora na frente do espelho e de testar, sem aprovar nenhuma, três combinações de saia e blusa, Olga decidiu que a primeira delas, uma saia creme e uma blusa cinza, era a que a deixava menos gorda. Vestindo-a de novo e colocando as outras duas em seus cabides, pegou a bolsa que melhor combinava com o conjunto escolhido, foi até o quarto de Gugu, onde o filho estava tomando outra vez posição diante da bateria, deu um beijinho no rosto dele e desceu a escada achando que cada passo ecoava como se fosse uma denúncia do seu peso.

Tirando o carro da garagem, ela se olhou no espelhinho retrovisor e resmungou:

– Olga, você precisa criar vergonha nessa cara. Quantas quadras são daqui até a loja? Cinco? Seis? Você devia começar a ir e a voltar todo dia a pé. A pé e arrastando uma bola de ferro de duzentos quilos em cada perna.

A vizinha, que estava saindo de carro também, balançou a cabeça. Era a segunda vez, naquela manhã, que surpreendia Olga falando sozinha. Sorrindo, ela deu uma buzinada, mas Olga não percebeu e, acelerando o carro e ainda falando sozinha, chegou ao fim da rua.

Entrando na principal avenida do bairro e começando a enfrentar o amarrado trânsito do meio-dia, ela se lembrou da conversa com Marilisa e, entusiasmada com a volta da amiga, sorriu, enquanto esperava o farol verde.

Um garoto com as mãos cheias de dropes e chocolates surgiu de repente, dando-lhe um susto, e só depois de dizer quase rispidamente que não queria comprar nada e acelerar com alívio, quando o farol abriu, foi que Olga se pôs de novo a pensar na amiga.

Estava feliz com a notícia de que Marilisa ia voltar a morar perto dela. As duas entendiam-se bem, tinham ideias e gostos semelhantes, e Olga esperava que Gérson pudesse aceitar um pouco melhor o jeito formal de Ânderson, o marido de Marilisa, e que Gugu também desse um descanso à antipatia que mostrava sentir por William e Melissa, porque ela estava pensando em preparar uma festinha de boas-vindas para os quatro, assim que eles se instalassem novamente na casa. E não pretendia ficar só nisso. Se tudo desse certo, ela planejava, pelo menos uma vez por quinzena, reunir as duas famílias para bate-papos, passeios, churrascos.

Essa palavra – churrascos – fez apagar-se o sorriso que ela havia aberto enquanto imaginava as delícias da futura convivência com a amiga. Mais uma vez ela se encarou no espelhinho do carro e renovou o apelo:

– Olga, ô, Olga, você precisa parar de pensar só em comida. Você não vê que mais nenhuma roupa serve em você? Qual era o seu peso quando você se casou? Sessenta e três, lembra? Ah, que saudade! E agora? Agora setenta e quatro, com muito sacrifício setenta e três e, com mais sacrifício ainda e uma semana de regime, setenta e dois. Você não está cansada de ler nas revistas que mulher malcuidada é mulher abandonada?

Não estava falando, agora, porque conversar consigo mesma era outro defeito que tinha prometido corrigir. Mas, enquanto esses pensamentos lhe passavam pela cabeça, começou a gesticular com tanta ênfase que chamou a atenção de motoristas e pedestres.

Ainda se lembrando da conversa com Marilisa e do que as duas haviam falado sobre a pouca duração que andavam tendo os casamentos em todo o mundo, Olga recordou também, com inquietação, algumas mudanças no comportamento de Gérson, que ela vinha observando nos últimos meses: certos comentários dele quando apareciam mulheres atraentes na televisão, brincadeiras sobre os quilinhos que ela não parava de acrescentar ao seu peso, apesar de todas as dietas milagrosas, e os elogios que ele agora a todo instante fazia a si mesmo, dizendo que estava se sentindo cada dia mais jovem e mais disposto.

Isso tudo, que era uma novidade nas atitudes do marido, estava aos poucos mexendo com a cabeça de Olga. Ela, que antes se orgulhava de não ser uma mulher ciumenta, agora não tinha tanta certeza assim.

Já perto da sua loja, desassossegada com esses pensamentos, ela tentou lembrar o que Gérson tinha dito que Marilisa era. O que tinha sido, mesmo? A primeira palavra que o cérebro lhe mandou foi gostosona, e Olga recebeu essa sugestão com raiva:

– Gostosona?! – ela exclamou, dando uma palmada raivosa no painel do carro e olhando rapidamente para o lado, para ver se algum motorista a havia flagrado em mais aquele gesto maluco. Irritada, ficou com aquela palavra – gostosona – na cabeça até chegar ao estacionamento em que deixava o carro, ao lado da sua loja. Enquanto estacionava na vaga indicada pelo manobrista, a palavra certa apareceu.

– Bonitona – ela disse, saindo do carro e deixando o manobrista sem entender nada.

Como bonitona era bem mais aceitável do que gostosona, ela entrou na loja sorrindo, aliviada.

A sócia de Olga, Nanci, que ficava na loja na parte da manhã, comemorou:

– Ai, que bom que você chegou. Eu estou morta de fome. Depois do banco, vou para casa correndo, comer uma sopona de pacote, aquela que dá seis pratos, tomar um banho rápido e mudar de roupa, porque às três eu preciso estar no *shopping*.

Olga estranhou:

– Você precisa estar lá às três por quê? Não vai me dizer que você vai lá arranjar um empreguinho para a parte da tarde, vai?

– Eu, hem? As cinco horas que eu passo aqui já me dão uma canseira... E eu preciso cuidar do meu filho, você sabe.

– Que história é essa, então, de sair por aí correndo para estar no *shopping* às três?

Nanci piscou:

– Não é nada, não. São só assuntos românticos.

– Ah, essa não – disse Olga, fingindo estar zangada. – Outra vez, Nanci?

– O que eu posso fazer, Olga? Eu me apaixono fácil. Antes de olhar para o cara, eu já gosto. Mas pode ficar tranquila. Desta vez vai dar certo. Você sabe que o maior problema nunca sou eu, nem o sujeito que eu arranjo. É o meu filho, que nunca acha nenhum deles bom para mim. Mas, como este agora é um garotão, os dois vão se dar bem.

– Quer dizer que você agora está com um rapazinho?

– Ele não é tão rapazinho assim. Vai fazer vinte e quatro no mês que vem. Já sei, você vai dizer que para mim, que tenho trinta e dois, ele...

– Eu não vou dizer nada. Não tenho nada com isso. Eu só fico torcendo para você não sofrer, como nas outras vezes.

– Vai dar certo, desta vez vai. O Marcinho é um doce, bem parecido com o meu ex-marido.

– Mas com o seu ex você... – começou a dizer Olga, sendo interrompida por Nanci:

– Eu sei. Com o Dárcio não deu certo, mas foi porque...

– Não precisa explicar. Eu já disse que não tenho nada com isso. Vou torcer para dar certo e pronto. Agora, mudando de assunto, as vendas foram boas hoje?

– Mais ou menos. Olhe aí – sugeriu Nanci, passando o bloquinho de anotações para Olga. – Agora eu vou indo, senão... Até amanhã.

11 *TRÊS RAPAZES SUSPEITOS*

Olga ficou um pouco na porta da loja, vendo a sócia se afastar apressada, logo desaparecendo com seu corpo miúdo no meio das pessoas, na calçada. Gostava dela. Era trabalhadora, honesta, agradável, sabia lidar tão bem com as clientes que as vendas da manhã quase sempre superavam as da tarde, feitas por Olga, e seu rosto de boneca oriental (era filha de coreanos) representava um chamariz irresistível: se uma mulher tão bonita estava ali no balcão vendendo roupas e acessórios, aqueles produtos só podiam ser bons.

Era uma pena, pensou Olga mais uma vez, que a cabeça de Nanci, tão eficiente para tudo, funcionasse tão mal quando dela se aproximava um homem.

Estava relembrando alguns desatinos sentimentais de Nanci, meia dúzia nos três anos em que a conhecia, quando uma mulher entrou e foi para a parte onde ficavam as bolsas. Disse que estava querendo uma bem vistosa e chique, para usar num coquetel noturno. Olga sugeriu uma, exaltou a beleza de outra, exibiu mais uma, e outra, e, quando já tinha certeza de que estava diante não de uma compradora, mas de alguém só fazendo hora ali, a mulher escolheu a mais cara de todas as bolsas que Olga havia mostrado, pareceu ter ficado satisfeitíssima com o preço, porque nem tentou baixá-lo, e – coisa rara – não puxou nem o cartão de crédito nem o talão de cheques. Pagou em dinheiro, agradeceu muito e saiu feliz, como se já estivesse indo para o coquetel.

Olga registrou a venda, pôs o dinheiro na gaveta da caixa e foi para a parte do balcão que ficava na frente da loja e recebia sempre os gostosos raios do sol da tarde. Foi nesse instante que ela avistou, na calçada do outro lado da rua, os três rapazes que, um dia antes, mais ou menos na mesma hora, tinha visto ali. Assim como na véspera, eles pareciam estar com a atenção dirigida para a loja, embora às vezes olhassem para outros pontos.

No dia anterior, Olga havia receado que eles estivessem planejando um assalto e ficou em estado de alerta enquanto os três não desapareceram dali. Agora, o medo tinha voltado e se acentuou no momento em que dois dos rapazes falaram alguma coisa ao ouvido do terceiro e ele, olhando bem para os dois lados da rua, começou a atravessá-la. Olga retornou rapidamente para o fundo da loja e, tirando o dinheiro da gaveta, o enfiou no meio de uma revista. Aproveitou e ocultou a própria bolsa atrás do cestinho de lixo. Os cheques das vendas da manhã tinham, como sempre, sido levados para o banco por Nanci.

Pronto, agora eles podem vir, pensou Olga e, de repente, recordando histórias sobre assaltos a lojas ali perto, achou que esconder o dinheiro e a bolsa tinha sido um erro. Ela não estava cansada de saber que os ladrões espancavam as vítimas se não encontravam dinheiro com elas? Estava já arrependida e disposta a revelar logo o esconderijo da bolsa e do dinheiro, se fosse ameaçada, quando o primeiro dos rapazes entrou.

Devia estar com uns dezessete anos, ela calculou, e não tinha aquela cara que, na ideia dela, os bandidos costumavam ter. Parou na entrada da loja, inseguro, olhou para trás e, quando entrou, Olga sentiu que ele estava mesmo nervoso. Havia suor na sua testa e nos pelinhos que, em cima do lábio superior, tentavam parecer um bigode.

Tensa, ela ficou esperando que ele avisasse que era um assalto e puxasse um canivete, um estilete ou talvez até um revólver. Mas o rapaz permaneceu mais um instante parado ali e, quando finalmente deu três passos para dentro, Olga notou que ele não tinha nada nas mãos. Sua voz, assim como o projeto de bigode, era a de um adolescente que se esforçava para aparentar maior idade.

– Eu vim... – ele disse hesitante e, olhando de novo para trás, onde os amigos agora podiam ser vistos, quase na porta da loja, repetiu:

– Eu vim...

– Sim? – perguntou Olga, ansiosa para saber o que ele queria e resolver logo a situação.

– Vai, cara – incentivou um dos amigos.

– É. Vai, cara – apoiou o outro.

– Eu vim dizer que...

– Sim? – continuou esperando Olga.

– ... que você é a mulher mais linda que eu conheço.

Enquanto Olga tentava descobrir se aquilo era um trote ou se era só uma desculpa arranjada pelo rapaz porque na hora *H* havia perdido a coragem de assaltá-la, ele concluiu:

– É isso aí. Falei.

Depois, atrapalhado, começou a sair da loja. Já fora, foi aplaudido pelos outros dois:

– Aí, cara!

– Valeu!

E, já com uma voz mais parecida com a voz de um homem, se gabou:

– Vocês viram? Eu consegui.

– É, você ganhou a aposta – admitiu um dos amigos.

– O importante é que eu tive coragem de falar que ela é linda.

Embora a essa altura eles já estivessem na esquina, Olga ainda ouviu as brincadeiras dos amigos do seu anônimo admirador:

– Ih, meu, você viu? O cara está apaixonado.

– É, mano. Apaixonado mesmo.

Se nesse momento duas mulheres não tivessem entrado, Olga explodiria de rir. Aquilo era uma das coisas mais loucas que lhe haviam acontecido. Estava espantada: com aquela idade e aquelas gordurinhas pipocando em todas as partes do corpo, dava para acreditar que tinha acabado de receber uma declaração de amor de um adolescente? Ainda se fosse a Nanci, que parecia um bibelô! Mas ela...

Atendendo as compradoras com um sorriso em que havia um pouco da sua recuperada autoestima, ela teve uma dúvida: devia ou não contar aquilo a Gérson?

12 A FICHA DO BAIXINHO

Depois que Olga saiu, Gugu acompanhou duas músicas na bateria, mas estava tocando tão mal, tão sem estilo, que resolveu parar com aquilo e se concentrar na solução do problema que não conseguia tirar da cabeça: aquele baixinho que o havia seguido desde a casa de Fontão e Fontinho, ou talvez antes, até ali.

Espremendo a memória, ele tinha conseguido lembrar quando e onde havia visto o espião antes daquele dia. Tinha sido em dezembro, na escola, nos últimos dias de aula.

Não poderia dizer quantas vezes, mas pelo menos em duas ou três ocasiões ele se recordava dele andando ali na frente do colégio, no meio dos alunos da quinta, como se fosse uma formiga procurando açúcar embaixo da mesa.

Não havia prestado atenção a ele, porque não era da sua turma, e jamais se lembraria do sujeitinho, se não fosse aquela mania, que agora ele parecia ter, de se transformar na sua sombra e de acompanhá-lo passo a passo. A pergunta ressurgiu em seu cérebro: por que aquele carinha estava fazendo aquilo?

Decidiu telefonar para Fontão e Fontinho. Afinal, naquela manhã ele não estava perto da casa dos dois? Talvez eles soubessem o que estava acontecendo.

Ligou e a única informação que teve, depois de ficar esperando quase um minuto antes que alguém atendesse, foi a de que Fontão e Fontinho não estavam em casa.

Ele resolveu então ligar para Marquinho. Mas, assim que apertou o último algarismo, quase desistiu. Tinha certeza de que – se alguém atendesse – seria a chata daquela empregada, que ia pedir para ele esperar um pouco e, meia hora depois, voltaria para dizer, com a maior tranquilidade, que Marquinho não estava.

Mas dessa vez Gugu se enganou. Marquinho estava e – para desmoralizar Gugu, sua bola de cristal e seu mau humor – atendeu logo no primeiro toque. Ao ouvir a voz de Gugu, não pareceu contrariado. Até brincou:

– Ô, Gugu, fazia tempo que você não ligava, hem? Eu estava até preocupado.

Gugu disse que tinha falado com Fontão e Fontinho, confirmou o ensaio para o dia seguinte e revelou o motivo principal do telefonema: estava sendo seguido.

– Seguido? – estranhou Marquinho. Aquilo estava parecendo uma novela policial.

– É. Seguido por um baixinho.

A estranheza de Marquinho cresceu:

– Seguido por um baixinho? Ei, Gugu, você está fi...

– Não, eu não estou ficando louco, se era isso que você ia perguntar. Se você tiver um pouquinho de paciência e me deixar contar, eu agradeço.

– Ih, Gugu, qual é? Você está nervosinho, hem? Eu só...

– Posso contar? – insistiu Gugu.

Gugu contou como tinha sido acompanhado pelo espião desde a padaria até a sua casa. Marquinho ouviu sem interromper. Depois, perguntou, indeciso:

– Mas... por que você acha que o cara fez isso?

– Acho que só ele ia poder dizer.

– Sabe o que eu penso?

– Não. O que é? – interessou-se Gugu.

– Eu penso que ele te achou bonitinho e...

Gugu ficou furioso:

– Estou vendo que você não acreditou no que eu falei.

– Puxa, eu estou só brincando – protestou Marquinho.

– Só que eu não estou. Estou falando sério. Quer saber de uma coisa? Vou desligar.

– Ei, Gugu! Ei! Espere aí! Não precisa ficar assim. Quer dizer, então, que o cara ficou na sua cola?

A pergunta fez Gugu desistir de desligar:

– Foi o que eu falei. Ele veio atrás de mim até aqui em casa.

Gugu revelou o motivo principal do telefonema: estava sendo seguido.

– E ele é um anão? – perguntou o amigo, ainda com uma ponta de descrença na voz, irritando de novo Gugu.

– Não foi isso que eu falei, Marquinho. Eu disse baixinho. É um cara um pouco mais alto do que uma formiga. Ele deve ser lá da escola.

– Da escola? – surpreendeu-se Marquinho.

– É. Eu vi a figura uma vez ou duas por lá. Pelo tamanho, ele deve ser da segunda série ou da terceira.

– Do jeito que você falou, vai ver que ele é do jardim de infância...

– Sei lá se ele é do maternal ou do pré. Só sei que ele deve ser do colégio, porque eu lembro que vi esse cara por lá.

– De que jeito ele é? Dá uma pista – pediu Marquinho, começando a aguçar seu faro de detetive.

– Bom, eu acho que... Eu não sou bom pra guardar rostos, olhos, essas coisas. Olhe, só sei que ele é baixinho.

– Isso você já disse. Não dá pra você lembrar mais nada?

– Não sei. Deixe ver. Ah, agora eu lembro de um negócio. Ah, não. Não vou dizer, porque você vai dar risada.

– Fala aí – estimulou Marquinho.

– Ah, eu não sei. É bobagem.

– Fala, cara.

– Sabe o que ele parece? – disse finalmente Gugu. – Parece um... ratinho. O nariz dele é meio, sei lá, pontudo.

Marquinho ficou um instante em silêncio. Depois, quis saber:

– E as orelhas dele?

– O que têm as orelhas?

– Sabe o que é? Eu estou achando que pode ser um cara que eu vi. Se for, as orelhas dele são meio diferentes. Elas parecem assim...

– Redondas? – perguntou Gugu.

– É! Isso aí. Redondas. Redondas e pequenas. Minúsculas. Se o cara puser um brinquinho nelas, elas somem.

– Então acho que nós estamos falando do mesmo cara – concluiu Gugu. – Fala logo, Marquinho. Quem é ele?

– Eu não sei.

Gugu quase jogou longe o telefone:

– Essa não, Marquinho! Você está me gozando ou o quê? Você sabe tudo do carinha, a cor dos olhos, o tamanho dos tênis, o nome da namorada, pra que time ele torce, só faltou dizer onde ele mora e agora vem me falar que não sabe quem ele é?

– Nossa, Gugu! Você hoje está impossível! Que mau humor, hem? Você vai querer o quê? O nome, o sobrenome, o RG do cara, a...

– Eu vou desligar – ameaçou de novo Gugu.

– Não, não – implorou Marquinho. – Eu já disse quem ele é. Ele é lá da escola.

– Que grande descoberta.

Marquinho fingiu não ter ouvido a zombaria e continuou:

– Você viu o carinha lá. Eu também vi. Mas pensando bem...

A pausa de Marquinho deixou Gugu inquieto:

– Pensando bem o quê?

– Pensando bem – recomeçou Marquinho –, eu acho que ele não é da escola, não.

Gugu explodiu:

– Eu acho que você está tirando uma comigo. Só pode ser. Uma hora você fala uma coisa, outra hora você...

– Calma aí, Gugu. Se você esperar um instante, eu explico.

– Eu espero – disse Gugu, impaciente.

– Eu acho que o carinha das orelhas redondas...

– Será que dá pra você ser mais rápido?

– ... que o carinha das orelhas redondas não é da escola pelo seguinte: eu só me lembro de ter visto o sujeito no fim do ano, sei lá, nos últimos dias de aula.

– Sabe que eu também? Eu não me lembro dele no começo do ano nem no meio, só no fim. Mas pode ser porque eu sou meio distraído.

Marquinho não concordou:

– Ah, qual é? Não dá pra deixar de notar um tipo como aquele um ano inteiro.

– Isso é – reconheceu Gugu. – Vai ver, então, que ele veio transferido de outra escola.

– Quase no finzinho do ano? Eu acho difícil.

– É, você está certo. Acho que não é nem permitido. Mas, se ele não é da escola, o que ele andava fazendo por ali?

– Acho que já sei! – gritou de repente Marquinho. – Lembra que começaram a sumir algumas coisas lá?

– Lembro. Parece que algumas mães foram até falar com o diretor. Mas era tudo coisinha: lanche, bala, doce...

– Não foi só isso, não. Passaram a mão também num pulôver, numa blusa e...

– É verdade, eu estou lembrando agora. O Fontinho reclamou também que roubaram uma revistinha dele, está lembrado? E tudo começou...

– ... no fim do ano – concluiu Marquinho.

– Será que foi o carinha?

– Não sei. Mas, se eu fosse você, ia ficar de olho bem aberto – sugeriu Marquinho.

– Eu vou ficar. De olho bem aberto e de bolso bem fechado – prometeu Gugu, sorrindo, antes de desligar.

13 *DE OLHOS BEM ABERTOS*

Assim que desligou o telefone, Gugu começou a cumprir a promessa. Desceu a escada do sobrado e, na sala, abriu uma fresta na cortina e ficou por uns instantes espiando a rua. Se um ladrão andava por perto, era bom não facilitar.

Apesar da sua vigilância, não viu o baixinho nem nessa nem nas outras vezes em que, no resto do dia, parou de tocar bateria, de ler ou de ver tevê para ir espreitar a rua pela brecha da cortina.

À noite, quando o pai e a mãe chegaram e ele narrou as peripécias do seu dia, ficou desapontado com a pouca atenção que os dois deram ao seu principal personagem: o pequeno ladrão. O pai estava mais preocupado em contar a decepção que tinha sofrido na reunião da manhã, enquanto a mãe a todo momento comentava não estar se achando tão gorda e parecia querer dizer alguma coisa importante, mas acabava não dizendo nada.

Na hora em que Gugu se deitou para dormir, suas inquietações foram aliviadas por um pensamento: apesar de tudo, os Furacões tinham finalmente um ensaio marcado. Antes de pegar no sono, ainda sentiu uma agulhada de dúvida: e se, no último momento, Marquinho ou os abomináveis irmãos Fontes resolvessem desmarcar de novo o ensaio?

Não, eles não iam fazer isso, ele pensou, e esse pensamento veio acompanhado por um bocejo comprido e gostoso. Essa confiança, que fazia muito tempo ele não sentia, tinha um motivo: na manhã seguinte, os alunos que praticavam algum esporte, fora das aulas de educação física, precisavam ir à escola para renovar sua inscrição. Isso significava o seguinte: que Marquinho (com sua mania de jogar basquete, embora só acertasse um arremesso em dez), que Fontão (metido a zagueiro e figura constante no banco de reservas do time de futebol desde a terceira série) e que Fontinho (razoável levantador do time de vôlei) estariam lá.

Significava também que ele, Gugu (que só não era atacante titular no time de vôlei porque o professor o achava um pouco baixo para a posição e não sabia reconhecer um verdadeiro talento), estaria no colégio bem antes da hora marcada para o início da renovação das inscrições. Primeiro, porque achava que naquele ano ia ser titular. Segundo, porque ia aproveitar a presença dos seus três amigos para dizer, mais uma vez, que os Furacões precisavam ensaiar naquela tarde e em todas as outras, dali para a frente, até 23 de abril. Os Diabos da Meia-Noite não iam ganhar o festival outra vez, não iam não.

14 *LEMBRA DA MARILISA?*

Na manhã seguinte, enquanto anotava num papelzinho que precisava comprar pó de café, porque havia acabado de pôr a última colherada na cafeteira, Olga ouviu o ruído do chuveiro, a voz de Gérson cantarolando lá em cima e, de repente, engolindo tudo, o tempestuoso som de uma daquelas músicas que Gugu amava.

Ela ficou atenta, achando que logo a bateria iria entrar em cena para tornar ainda mais furiosa a tempestade, mas a bateria permaneceu muda e, alguns minutos depois, com cara de felicidade e de fome, Gugu entrou na cozinha.

– Oi, mãezona – ele cumprimentou. – Tudo em cima?

– Tudo – ela respondeu, oferecendo o rosto ao beijo do filho. – E você, pelo visto, eu não preciso nem perguntar. Quer vender um pouco dessa alegria? O que está acontecendo, hem? Dois dias acordando de madrugada, em plenas férias...

– Eu disse ontem, mãe. Você já esqueceu?

– Todo esse entusiasmo é por causa do ensaio? Foi por isso que você já caiu da cama? Você disse que o ensaio ia ser à tarde...

– E vai ser, mãe. Agora eu vou até a escola. Lembra que eu falei também?

– Lembro, filho. Desculpe. Você falou, sim, que ia à escola bem cedo. Você vai fazer a inscrição no vôlei, não é?

– É isso aí, mãe. Parabéns. A sua memória ainda está dez. Um fe-nô-me-no!

– Ah, meu filho. Você ri da minha cara, mas, quando tiver a minha idade, você...

– Ô, mãe, essa não. Vai vir de novo com aquela conversa de que está ficando velha?

– Não é conversa, Gugu. É verdade.

– Isso é desculpa sua, mãe. Sabe o que eu acho? Que você não está nem aí para o que eu falo ou faço – ele se queixou, fazendo charme.

– Como você é injusto – ela protestou. – Sabe que eu faço qualquer coisa por você.

– Qualquer coisa mesmo?

– Qualquer coisa – Olga repetiu.

– Posso pedir, então, qualquer coisa?

– Pode.

– Posso mesmo?

Depois de um instante de suspense, em que Olga, já quase arrependida da promessa, ficou imaginando o que Gugu ia pedir para aproveitar a fraqueza dela, ele disse:

– Por que você não me faz, então, um suco de laranja e um sanduichão de queijo?

– Só?

– Só.

Encantada com as modestas pretensões do filho, Olga colocou três fatias de queijo prato no meio de um pãozinho que enfiou no micro-ondas. Depois, pegou na geladeira três laranjas e, antes de cortá-las, anotou no papelzinho que precisava comprar pelo menos uma dúzia no supermercado, porque aquelas eram as últimas.

Enquanto começava a passar a primeira metade de laranja pelo espremedor, o micro-ondas apitou, avisando que o sanduíche estava pronto. Ela o pegou e viu, satisfeita, que o queijo estava levemente derretido, como o filho gostava. Lembrando-se da palavra que Gugu tinha usado na véspera, ela estendeu o pratinho a ele e disse:

– Parece que está bem... gostosural.

Gugu deu uma gargalhada. Nesse momento, Gérson entrou na cozinha e quis saber:

– Qual foi a piada? Conta de novo, Olguinha, conta.

– Ah, eu não vou contar, não, porque a piada é muito comprida. É ou não é, Gugu?

Gugu mentiu também, dizendo que, além de comprida, a piada era suja. Gérson ainda insistiu um pouco, mas acabou desistindo da piada e perguntou ao filho:

– Por que você já está acordado?

Gugu olhou para a mãe e os dois começaram a rir juntos. Olga considerava-se vingada porque a memória de Gérson parecia estar merecendo nota igual à dela.

– Ô, Gérson, o Gugu não cansou de falar, ontem, que hoje de manhã ele ia à escola para se inscrever no vôlei?

Gérson deu um tapa na testa:

– É mesmo. Desculpe, filho. Eu esqueci. Esqueci mesmo.

– Pai, a sua memória é um fe-nô-me-no – brincou Gugu, repetindo o que tinha feito com a mãe. – Você não vai dizer que está ficando velho, vai? A mãe, quando a memória falha, põe a culpa na idade.

– O que está acabando comigo, filho, não é isso. É a situação lá na empresa. Acho que aquela promoção não vai sair nunca. Huumm, este sanduíche está uma delícia, Olga – ele elogiou, desviando o rumo da conversa.

– Você quer dizer que estava, não é? – perguntou Olga, vendo o marido enfiar o último pedaço na boca. – Vocês abusam da minha habilidade na cozinha. Vai mais um?

Enquanto Olga punha o segundo sanduíche do marido no micro-ondas, a campainha tocou. Gérson e Gugu se olharam: quem seria? Olga, já caminhando para a porta da frente do sobrado, acabou com a dúvida dos dois:

– Deve ser a Marilisa.

– Aahh – fizeram ao mesmo tempo Gérson e Gugu. Tinham esquecido que a amiga de Olga ia lá. Gugu pensou, com bom humor, que sua memória não perdia nem para a da mãe nem para a do pai: era também um fe-nô-me-no.

Um minuto depois, Olga estava entrando de novo na cozinha, acompanhada por uma loira alta, bonita, de corpo cheio.

– Lembra da Marilisa? – ela perguntou a Gérson, que se levantou dizendo que sim, que se lembrava bastante, claro, com um entusiasmo que levou Olga a fazer uma careta, logo disfarçada.

– É a mãe do William e da Melissa, está lembrado? – ela perguntou a Gugu, que se levantou também e cumprimentou Marilisa sem jeito.

15 NOVAS TRAIÇÕES DA MEMÓRIA

De repente, Olga sentiu que a amizade com Marilisa ia precisar de algum tempo para voltar a ser calorosa e espontânea como tinha sido antes de a amiga se mudar do bairro. Por um momento, ela ficou parada, sem saber o que dizer.

– Você toma um cafezinho, não toma? – ofereceu afinal, arrependendo-se imediatamente ao lembrar que não tinha mais uma colherinha de pó. Se a amiga aceitasse o café, ela precisaria esquentar o intragável resto que havia ficado na cafeteira, se é que havia ficado algum resto.

Parecendo adivinhar a preocupação de Olga, Marilisa recusou polidamente o café. Olga perguntou então se a amiga queria um suco e, no mesmo instante, passou-lhe pelo cérebro a certeza de que Gugu estava com razão quando falava mal da sua memória: ela não tinha descoberto, um minuto antes, que não havia mais nenhuma laranja na geladeira?

– Não, obrigada – disse Marilisa, dando a Olga uma sensação de alívio que ela rezou para a amiga não notar.

Receava que Marilisa pudesse ver mesquinhez onde havia só uma falta momentânea do principal ingrediente de uma laranjada.

– Não quer mesmo? – insistiu Olga, certa de que a amiga não ia voltar atrás.

– Não mesmo. Eu já tomei o meu café com o Ânderson, antes de ele ir para o escritório. Se eu ficar tomando dois cafés por manhã, você já viu onde eu vou parar. Sabe o que acontece toda vez que eu chego perto de uma balança? Ela se encolhe toda, achando que eu vou subir nela.

– O que você quer dizer? Que você está gorda? Gorda estou eu. Você está ótima.

– É, você está... muito bem – apoiou Gérson, conseguindo com esse comentário um olhar de censura de Olga, a cada instante mais convencida de que já não podia pôr a mão no fogo por ele. Gérson se parecia cada vez mais com os maridos das mulheres que ela conhecia. Assanhadíssimo.

Antes que ele resolvesse fazer outro galanteio a Marilisa, Olga propôs à amiga:

– Você quer que eu vá com você lá? Deus me livre de bancar a xereta, mas...

Marilisa se empolgou com a ideia:

– Quero, claro. Eu estava mesmo pensando em pedir que você fosse. Assim você pode dar umas sugestões sobre a cor da pintura, essas coisas. Eu sempre admirei o seu bom gosto. Mas você pode ir agora, sem problema?

– Sem problema nenhum. Os meus dois filhotes aqui – ela sorriu, apontando Gérson e Gugu – estão bem alimentados e agora cada um vai para o seu lado. O Gérson para o trabalho, o Gugu para a escola.

– Escola? – estranhou Marilisa.

– É. Hoje é o dia das inscrições nos esportes para os alunos que querem participar dos times do colégio. A Melissa e o William não...? – começou Olga, sabendo que os filhos da amiga tinham sido matriculados na escola de Gugu.

– Esportes? Não. A Melissa e o William não gostam de nenhum. Fazem a educação física com má vontade. Eles são...

Gugu completou mentalmente a frase (... uns chatos) e, pegando carona na repentina pressa do pai, que descobriu estar atrasado, avisou estar indo embora também e saiu com ele.

As duas mulheres, embora Marilisa dissesse a todo momento que o pedreiro e o pintor, esperando no carro dela, na esquina, já deviam estar xingando, continuaram conversando na cozinha. Olga perguntou se o marido e os filhos da amiga eram folgados como Gérson e Gugu.

Marilisa não entendeu:

– Folgados como?

– Você não viu? Aqui, se eu não faço as coisas, eles não se mexem. Morrem de fome, mas não se levantam da cadeira para pegar nada.

– Vai ver que você é que acostumou os dois mal.

– É. Eu acho que sim. Com essa história de trabalhar fora, eu, quando estou em casa, quero fazer tudo.

Gugu fechou a porta da garagem para o pai, despediu-se dele e, assobiando uma canção que, de repente, meio embaraçado, descobriu não ser bem do seu tempo (que banda era mesmo aquela?), foi caminhando cada vez mais rápido para a escola. Queria chegar lá muito antes da hora marcada para o início das inscrições e, se fosse preciso, ficaria ali até o fim. Estava com algumas ideias para melhorar a banda e não ia ter paciência de esperar o ensaio da tarde para falar delas com os outros Furacões.

---

16 LÍDER NATO, GAROTO SAPIENTE

Parado diante do portão do colégio, sozinho porque era muito cedo para haver mais alguém ali, Gugu tentava

lembrar-se do nome da banda que tinha gravado aquela música que ele continuava assobiando com um prazer quase vergonhoso, porque era antiga, muito antiga.

Quando a memória, depois de se recusar por alguns minutos, lhe revelou finalmente o nome, Gugu sorriu ao imaginar o que diriam o pai e a mãe se o flagrassem ali naquela manhã de janeiro, em pleno século 21, assobiando uma canção dos Beatles, que Gérson e Olga garantiam ser a maior banda do século 20: quatro rapazes de Liverpool que em poucos anos, entre 1960 e 1970, tinham mudado para sempre a cabeça dos jovens em todo o mundo.

O pai às vezes falava em outros nomes famosos do *rock* – Elvis Presley, Janis Joplin, Jimi Hendrix, Alice Cooper, Rolling Stones –, mas os olhos dele e de Olga brilhavam mais quando pelos seus lábios passava a palavra mágica: Beatles.

E agora ele, Gugu – que, como todos os outros garotos apaixonados por música em todo o planeta, vivia sonhando com um som novo, um som jamais ouvido – se surpreendia assobiando aquela canção, feita quase meio século antes, e sentia que o som procurado por ele e pelos outros podia nascer das notas que ele, comovido e feliz, continuava soprando.

Quando os meninos e as meninas de todas as séries começaram a chegar – os menores acompanhados pelas mães ou pelos pais –, Gugu parou de assobiar, mas prometeu a si mesmo que, em casa, perguntaria o nome daquela música. O pai e a mãe iam gostar do interesse dele. A mãe, sentimental, ficaria com os olhos molhados. E o pai, aquele gozador, seria bem capaz de dizer:

– Filho, essa música não é do meu tempo, não. É melhor você ligar para o seu avô...

Gugu estava pensando na cara que o pai faria ao dizer isso, quando Marquinho chegou. Vinha muito compenetrado da importância daquele dia. Se a bermuda que usava não poderia ser considerada parte do uniforme de um jogador de basquete, as meias, os tênis e a camiseta amarela (de um time da NBA) não deixavam nenhuma dúvida.

– Puxa, você veio fazer a inscrição ou veio jogar? – perguntou Gugu.

– Você já se inscreveu? – disse Marquinho, ansioso.

– Calma aí, cara – recomendou Gugu, enciumado porque, quando o assunto era a banda, o amigo nunca mostrava tanta disposição.

Mas Marquinho não queria saber de calma. Subindo de dois em dois os degraus da escadaria, ele logo chegou ao pátio e, obrigando Gugu a correr para acompanhá-lo, entrou no corredor que levava à sala onde os dois professores de educação física, a coordenadora de ensino e o subdiretor do colégio, diante de uma ampla mesa, esperavam os garotos e as garotas para as inscrições.

Um dos professores, impressionado ao ver surgir na sua frente o impetuoso aluno fantasiado de jogador de basquete, fez a mesma pergunta que Gugu tinha feito:

– Ei, você veio se inscrever ou veio jogar?

Enquanto Marquinho, encabulado, perdia a voz, o professor brincou:

— Você veio fazer a inscrição para o futebol, estou certo?

Gugu, esforçando-se para não rir, simpatizou com o professor. Fontão, que tinha sido aluno dele, vivia dizendo que ele era o máximo. E era o que ele estava mostrando ser naquele momento, esperando a resposta do atarantado Marquinho.

— Fu... futebol? — hesitou Marquinho. — Nã... não.

— Ah, já sei, então — disse o professor, estalando os dedos, como se tivesse feito uma grande descoberta, e pegando a caneta. — É para o voleibol, não é mesmo?

Gugu não conseguiu mais segurar as gargalhadas. Marquinho virou-se magoado para ele, como se perguntasse: ô, cara, você é meu amigo ou o quê?

Já irritado com Gugu e com o professor, ele resolveu parar com aquilo. Esforçando-se para fazer aquela cara que sua avó chamava de cara de menino encapetado, ele protestou:

— Não, professor. Não sei se o senhor reparou, mas com este uniforme aqui eu só podia me inscrever no...

— Basquete? — perguntou o professor, aproximando a caneta do papel. — É isso?

— É — respondeu Marquinho, sério. — É isso aí.

O professor quis saber então o nome dele e, enquanto o anotava, comentou:

— Eu sempre acerto. Posso falhar na primeira tentativa, e até na segunda, mas na terceira não tem erro.

O jeito brincalhão dele, que tinha cativado Gugu, acabou seduzindo também Marquinho. Sorrindo, ele disse:

— É, eu vi.

Os três riram e, depois de inscrever Marquinho, o professor perguntou a Gugu:

— E você, também é da sexta?

— Com muita honra — proclamou Gugu.

O professor olhou com admiração para ele:

— Sabe de uma coisa? Eu gosto de gente assim, decidida. Seja qual for o seu esporte, você...

– É vôlei, professor.

– Eu já tinha visto. Levantador, não é?

– Atacante.

– Atacante, claro. Está na cara. Mas, como eu estava dizendo, você, seja qual for o seu esporte, vai fazer sucesso. Porque você tem personalidade. Você é um líder nato.

– Um líder o quê? – perguntou Gugu, com a mão na orelha, como se não tivesse ouvido bem.

– Um líder nato – repetiu o professor. – Sabe o que é isso? Gugu olhou para Marquinho, pedindo socorro, mas o amigo também não sabia. O professor, então, com aquela sua cara brincalhona, disse:

– Olhe, você pode ser um grande jogador de vôlei e é um líder nato, mas não deve ser muito bom aluno de português. Estou certo? Pode falar a verdade, que eu não espalho...

– Eu até que tiro boas notas de português – respondeu Gugu. – É ou não é, Marquinho?

Marquinho confirmou e, para salvar a própria reputação, acrescentou:

– Eu também.

– Está bom, eu acredito. Mas vocês estão me devendo uma. Hoje, quando vocês voltarem para casa, vão pegar o dicionário, abrir na letra "n" e procurar a palavra...

– Nato – concluiu Gugu.

– É isso aí, garoto sapiente – aprovou o professor.

– Garoto o quê? – perguntaram ao mesmo tempo Gugu e Marquinho.

– Essa é outra que vocês vão ter de ver no dicionário – avisou o professor. – Sapiente. Vocês querem que eu soletre?

– Não precisa, professor – disse Gugu e, para provar que o professor não precisava mesmo fazer a soletração, pronunciou a palavra:

– Sapiente, não é isso?

– É – confirmou o professor. – É isso. Mas, agora, me diga o seu nome. Vamos fazer a inscrição, senão a turma aí na fila começa a reclamar.

Gugu olhou para trás. Com sua mania de brincar, o professor havia exagerado. A fila da qual ele tinha falado era formada por um único garoto: Fontinho. E, ao lado dele, já falando com o professor encarregado das inscrições da sétima série, estava Fontão. Ver todos os Furacões ali reunidos fez o sorriso de Gugu se abrir. Depois de um "oi" empolgado para os irmãos Fontes, ele disse atropeladamente o nome ao professor, quase reclamou da lentidão com que ele o colocou no papel e, pegando Marquinho pelo braço, foi com ele até a entrada da sala. Dali, impaciente, ficou esperando que Fontão se inscrevesse no futebol e Fontinho no vôlei.

Tirando do bolso da calça o papel no qual havia anotado as ideias que tinha para a banda e queria apresentar aos amigos, ele deu um suspiro de satisfação quando os irmãos Fontes, depois de fazer a inscrição, se aproximaram.

– Vamos conversar lá no pátio? – ele sugeriu.

– Vamos – disse Fontão. Depois, olhando para Marquinho e Gugu, perguntou: – E aí? Gostaram do professor? Ele não é o máximo, como eu falei?

– É – disseram simultaneamente Gugu e Marquinho.

Gugu completou:

– Ele devia ser professor de português. É o rei do dicionário.

Fontão não entendeu. Quando Gugu e Marquinho contaram a história do líder nato, que nem ele nem o irmão sabiam dizer o que era, Fontão comentou:

– Deve ser mania nova dele. Ele nunca me mandou consultar o dicionário.

Mas Fontinho, que tinha acabado de fazer sua inscrição com o professor, disse:

– Parece que ele é ligado nesse negócio de palavra esquisita, sim. Ele quis saber também se eu era um garoto sa... sa...

– Sapiente? – perguntaram Marquinho e Gugu.

– É. Foi isso aí.

– E você disse o quê?

– Eu disse que era esse negócio aí. Agora estou pensando: será que isso é coisa boa? E se não for?

– A gente só vai saber quando chegar em casa e... – começou Marquinho.

– ... pegar o dicionário – concluiu Gugu.

Nesse momento, tinham chegado ao pátio.

17 A DUPLA VAN-VAN

No pátio, Gugu procurou ir com os outros Furacões para o lugar que lhe pareceu mais seguro e menos exposto à espionagem. Foi para um canto, mas havia ali um grupinho conversando. Foi para outro canto e já ia iniciar a reunião quando outro grupinho começou a se formar por ali e ele, contrariado, puxou seus três amigos para longe.

– Ei, o que está acontecendo? – estranhou Fontão. – Parece que nós estamos fugindo de alguém.

– É – concordou Fontinho. – Será que nós cometemos um crime e eu não estou sabendo?

Marquinho, que na véspera tinha ouvido de Gugu a história do baixinho de orelhas redondas, disse:

– É que um cara...

Mas Gugu, apertando o braço dele com força, impediu que ele continuasse. Se entrassem naquele assunto, passariam o dia inteiro falando dele, e a banda, mais uma vez, ia ficar esquecida. Além disso, ele achava que, se o baixinho bisbilhoteiro andava mesmo atrás dele, os outros não tinham nada com aquilo e não precisavam se preocupar.

Enquanto Fontão e Fontinho olhavam curiosos para Marquinho, esperando que ele completasse a frase, Gugu desdobrou o papelzinho no qual estavam suas novas ideias para os Furacões e propôs:

– Vamos falar um pouquinho da banda?

Fontão e Fontinho entreolharam-se. Um parecia aguardar que o outro se manifestasse. A indecisão durou um instante. Depois, Fontão, assumindo a posição de irmão mais velho, protestou:

– Ah, dá um tempo, vai. Nós não temos ensaio hoje? Então. Lá a gente conversa sobre a banda.

– Ei, qual é? Eu não acredito. Será que vocês não têm quinze minutos, quinze minutinhos só, pra falar da banda?

Fontão olhou para o relógio com ar de preocupação, como se fosse o presidente da República decidindo se parava tudo que tinha a fazer só para dar audiência a um importuno. Fontinho, por sua vez, como se fosse o assessor do presidente, consultou também com ar grave o seu relógio, e até Marquinho, que Gugu julgava ser, dos três, o mais interessado no futuro dos Furacões, ficou olhando para o próprio pulso com uma careta de contrariedade, como se os dois ponteiros de repente o tivessem avisado de um compromisso muito urgente. Fontinho, cutucando o irmão, sussurrou:

– E... os primos?

Fontão, encarando Fontinho com um olhar furibundo, como se o irmão tivesse cometido uma imperdoável inconveniência, ameaçou, entredentes:

– Cala a boca.

Decidindo que talvez a melhor forma de lidar com a pouca vontade manifestada pelos amigos fosse fingir não ter percebido nada, Gugu mostrou o papelzinho com as anotações e disse:

– É o seguinte. Eu tenho aqui quatro pontos que seria bom a gente discutir para melhorar a banda. O primeiro é...

Foi interrompido mais do que bruscamente por Fontão, que acenava como se fosse um náufrago fazendo sinais à passagem de um navio:

– Ei, Vanusa! Ei! Ei!

— Vamos falar um pouquinho da banda?
— Ah, dá um tempo, vai.

Vanusa, a garota em quem Gugu votaria se houvesse uma eleição para escolher a mais chata de todas as meninas do colégio, deu uma ajeitada nos cabelos, que ela mudava de cor todas as semanas, e veio se aproximando dos Furacões com seu andar ondulante, que ela supunha ser igual ao das mais deslumbrantes modelos do mundo.

Com ela veio também sua inseparável amiga Vanessa, que se considerava tão atraente e formidável quanto Vanusa. Quando as duas chegaram ao lugar em que estavam os Furacões – Vanessa um instante depois de Vanusa, porque sempre caprichava mais no seu modo de desfilar –, Gugu, sentindo que chamar as duas tinha sido um golpe sujo de Fontão para que eles não falassem da banda e do seu futuro, perguntou venenosamente, depois de receber os beijinhos melados delas:

– E aí, quando é que vocês vão formar aquela dupla sertaneja? Vocês têm chance de ganhar o festival. Vanusa e Vanessa. Pode ser também Van e Van, as Vampiras do Sertão.

– Ah, Gugu, que falta de criatividade – queixou-se Vanusa. – Essa piada você faz com a gente desde a terceira série!

Vanessa, ferina, disse:

– É que ele *ainda* está na terceira série, você não percebeu?

Enquanto Fontão (que era apaixonado por Vanusa), Fontinho (que se derretia por Vanessa) e Marquinho (que gostava desvairadamente das duas) abriam a plumagem, como pavões, para impressionar as garotas, Gugu resolveu se acalmar, imaginando que a conversa iniciada por Vanusa e Vanessa, uma fofocagem sobre casamentos e separações de astros e estrelas do cinema e da tevê, não teria fôlego nem para dois minutos.

Mas uns cinco minutos se passaram e, para sua surpresa, Marquinho, Fontão e Fontinho pareciam não achar nenhum assunto melhor do que aquele. Queriam saber (ou fingiam) quem ia casar com quem, quem não estava mais com quem, quem andava à procura de outro amor e quem havia jurado nunca mais querer saber de ninguém.

Ele só se interessou um pouco quando Vanusa disse ter lido, numa revista, uma entrevista de Lucky Green. Gugu o achava um bom cantor, apesar do repertório meio ultrapassado, e na véspera tinha ficado orgulhoso quando o pai havia contado que conhecia a prima dele e que Lucky era contratado da gravadora do grupo de empresas onde trabalhava.

Mas, bem no instante em que ele se preparava para entrar na conversa e dizer algumas coisas que sabia sobre Lucky, o assunto passou a ser a nova namorada de um apresentador de tevê, uma cantora quarenta anos mais nova do que ele, mas muito mais experiente, pelo menos em casamentos: ela estava saindo do quinto; ele, do segundo.

Vanessa, notando o ar impaciente de Gugu, perguntou, para provocá-lo:

– Quem você acha que vai sair ganhando com esse casamento? Ele ou ela?

18 *O BAIXINHO NA PORTA*

Quando Vanessa fez a pergunta sobre quem teria vantagens no casamento da cantora com o apresentador, Gugu sentiu que aquela era a senha para ele fazer o que fez. Cortando Vanessa quando ela ia dar o nome, a idade, a profissão e outras importantes informações sobre os cinco ex-maridos da jovem estrela, ele lembrou a Marquinho, Fontão e Fontinho que o ensaio seria às duas e, dizendo um *tchau* seco, foi saindo, com a esperança de ver, no meio de um grupo de garotas que havia se formado um pouco adiante, aquela que ele achava a mais linda do colégio, embora ainda não tivesse juntado a coragem de dizer isso a ela: Josilene, que naquele ano ia fazer a quinta série.

No sexto ou sétimo passo, enquanto notava, decepcionado, que Josilene não estava lá, ouviu Vanusa comentar com os outros que ele cada dia estava mais cavalo. Teve vontade de voltar e de, com um monte de palavrões e talvez até alguns coices, provar que era mesmo um cavalo. Mas dominou o impulso e, andando rápido, logo estava atravessando o portão do colégio e não pôde ouvir que, além de cavalo, as duas garotas e os três Furacões haviam decidido, depois de rapidíssima votação, que ele era uma porção de outras coisas, nenhuma delas muito lisonjeira.

Já no meio do caminho de volta para casa, ele teve um instante de arrependimento. Devia ter ficado no colégio, por pior que estivesse aquela conversa e por mais bobocas que lhe parecessem aquelas meninas. Alguns passos adiante, já estava admitindo, a contragosto, que a banda havia se tornado uma obsessão e que, no fundo, o maior chato naquela história toda era ele.

Não sabia, agora, o que ia fazer até a hora do ensaio. Não tinha vontade de ler, de ver tevê, de tocar bateria, de nada. Assim que abriu a porta do sobrado, sentou-se no sofá. A mãe não tinha voltado da visita à casa da amiga e ele, não querendo fazer nada e sem ter com quem falar, acabou cochilando quase uma hora.

Acordou com a chegada da mãe, que brincou:

– Ei, o que você está fazendo aí todo encorujado? Treinando para ser vovô?

Gugu bocejou longamente, espreguiçou-se e estava pensando na melhor forma de responder à brincadeira da mãe, quando ela perguntou:

– Você acordou com o barulho do carro ou com a campainha?

– Campainha? Eu não ouvi nada.

– Ah, vai ver, então, que ele não chegou a tocar.

– Ele quem?

– Um garoto bem baixinho que estava aí na porta. A Marilisa me trouxe de volta e quando nós paramos aqui na frente ele estava na ponta dos pés, com a mão esticada, bem no botão. Quando viu a gente, ele saiu correndo. Deve ser um daqueles moleques que andam passando trote por aqui. Acho que esse não volta, depois do susto que levou. Você precisava ver. A Marilisa morreu de rir, porque ele parecia um foguete, de tão rápido. Num instante virou a esquina e sumiu. Ei, que é isso, Gugu? O que você vai fazer?

Gugu levantou-se do sofá como se tivesse sido arremessado por uma catapulta e, meio segundo depois, estava destrancando a porta e correndo para a rua.

Espantada, Olga saiu também para a rua, a tempo de avistar Gugu dobrando a esquina. Jamais o tinha visto correr tanto, nem no domingo em que uma pipa enorme e linda havia caído na rua de baixo. Enquanto ela decidia se trancava a porta e ia atrás do filho, para saber o que estava acontecendo, Gugu apareceu na esquina. Vinha devagar e, no seu rosto, Olga logo notou que havia raiva e desapontamento. Quando ele, ofegante pela corrida, entrou de novo em casa, ela perguntou:

– Que loucura foi essa? O que você queria?

– Pegar aquele cara.

– Mas por quê? Você mesmo disse que ele nem tocou a campainha.

– Porque eu acho que esse cara é aquele que eu falei que anda me seguindo.

Olga esbugalhou os olhos:

– Aquele que você disse que pode ser um ladrão? – disse ela, indo conferir se tinha trancado a porta.

– Aquele mesmo. Diz uma coisa, mãe. Ele não tinha uma cara meio assim, de...

– De ratinho? – perguntou a mãe, antecipando-se. Tinha se lembrado da descrição, feita pelo filho, da estranha criatura que o vinha seguindo.

– É, mãe. Ele tinha cara de... ratinho?

– Ah, Gugu, que pergunta mais estranha. Como é que um garoto pode ter cara de rato? Só na sua cabeça. É como eu disse. Ele sumiu tão rápido, quando nós chegamos com o carro, que não deu para ver direito. Só sei que ele era pequeno. Estava todo esticado para alcançar o botão da campainha. Você acha mesmo que ele é perigoso? Ele parece um menininho... E o que será que ele pode querer roubar?

Gugu ficou pensando, mas não soube o que dizer. A única coisa que fez, porque a mãe estava ali, esperando a resposta, foi repetir a pergunta:

– É, o que será que ele pode querer roubar?

Enquanto a mãe foi tomar banho e se arrumar para o trabalho, ele permaneceu na sala, moendo e remoendo aquele problema.

19 VEJA QUEM TOCOU A CAMPAINHA

Sem conseguir achar lógica na espionagem que vinha sofrendo, Gugu resolveu telefonar para Marquinho. Além do pai, que estava no emprego, e da mãe, que dali a alguns minutos ia sair também para o trabalho, Marquinho era a única pessoa a quem ele tinha contado a história do sujeitinho e, agora que o seu perseguidor parecia determinado a apertar o cerco, estava ansioso para falar com alguém sobre aquilo.

O telefone tocou quase um minuto na casa de Marquinho antes de a secretária eletrônica atender. Por onde andaria a empregada? Talvez batendo papo com um vendedor no portão. Marquinho dizia que ela era namoradeira. Gugu deixou uma mensagem:

– Oi, Marquinho, é o Gugu. São... quinze para as onze. Liguei pra dizer que aquele cara está de novo atrás de mim. Depois a gente fala. Tchau. Ei, o ensaio é às duas, hem? Às duas!

Ainda com aquela comichão de conversar com alguém sobre o baixinho, Gugu pensou em ligar para a casa dos irmãos Fontes. Arrependia-se, agora, de não ter falado com os dois sobre o menino quando, na escola, Marquinho havia tentado puxar o assunto. Se Marquinho tinha dado importantes informações sobre o espião, Fontinho e Fontão também poderiam saber alguma coisa dele.

Com essa esperança, ligou para a casa dos Fontes, mas uma voz, que talvez fosse a da empregada que ele havia apelidado de tartaruga de avental azul, avisou que eles tinham ido ao colégio.

Gugu agradeceu e, irritado, desligou. Estava imaginando Marquinho, Fontão e Fontinho ainda na escola, babando de satisfação com a conversa de Vanusa e Vanessa. Talvez Marquinho, naquele momento, estivesse até falando do baixinho e de como ele tinha se transformado na sombra de Gugu e, claro, as duas já deviam ter começado a dizer que aquilo tudo só podia ser uma piada.

Pensar que os cinco pudessem estar comentando que ele, além de cavalo, era maluco o deixou tão furioso que a mãe, já pronta para sair, perguntou:

– Ei, filho, que cara é essa? Ainda com aquilo na cabeça?

– Com aquilo e outras coisas, mãe.

Olga lamentou precisar sair naquele instante. Sentindo que o filho gostaria de falar com ela, teve vontade de ligar para Nanci e dizer que cuidasse da loja também à tarde, porque ela estava doente e ia faltar. Mas foi uma ideia que passou rapidamente por sua cabeça. Não seria justo fazer aquilo. Nanci tinha também um filho, que passava grande parte do dia com a mãe dela, e um novo namorado. Como Olga poderia simular uma doença e ficar tranquila em casa, deixando a sócia sozinha na loja?

O que as duas precisariam fazer com urgência seria arranjar uma vendedora de confiança que ficasse lá o dia inteiro, para dividir o atendimento com elas, e desse a Olga e a Nanci a possibilidade de faltar quando fosse necessário. As duas haviam chegado a contratar uma moça que sabia lidar com as clientes e era muito educada, mas tinha o defeito, descoberto dois meses depois, de tirar dinheiro da caixa e furtar mercadorias, que enfiava em sua grande bolsa marrom.

Pensando que talvez tivesse razão quem dizia que só podiam ser consideradas mães de verdade aquelas que se dedicavam inteiramente ao lar, ela se despediu de Gugu com um beijo no qual ele percebeu toda a culpa que ela sentia.

– Tudo bem? – ela perguntou.

– Tudo, mãe. Não precisa esquentar a cabeça.

– Qualquer coisa, você telefona para a loja, está bom?

– Está.

– E bom ensaio, ouviu?

– Obrigado, mãe.

– Com a visita da Marilisa, eu não tive tempo de caprichar no almoço. Mas na geladeira...

– Pode deixar, mãe. Eu me viro.

Gugu foi fechar a porta da garagem para ela. Preocupada com a história do pequeno ladrão, Olga olhou para os dois lados da rua e fez sinal para o filho entrar logo. Gugu entrou, porque ela não parecia disposta a ir embora enquanto ele não obedecesse, e foi ver na geladeira o que podia comer no almoço. Ficou satisfeito com a pesquisa. Tinha sobrado uma boa porção de ravióli da véspera e a mãe havia preparado a salada predileta dele: de palmito e ervilha, com rodelinhas de cebola.

Ele tinha fechado a geladeira, posto a bandeja de salada em cima da mesa e o ravióli para esquentar no micro--ondas quando a campainha tocou.

Gugu ficou tenso. Podia ser o carteiro, ou o homem que ia receber a contribuição mensal para a associação de crianças órfãs, ou alguém querendo vender panelas ou vassouras. Podia ser uma porção de coisas, mas ele sentiu o corpo instantaneamente percorrido por um arrepio que o paralisou por alguns segundos.

Depois, prendendo a respiração, andou devagar até a porta e espiou pelo olho mágico. Não viu ninguém, como se a campainha tivesse sido tocada por um fantasma, um fantasma que havia esperado a mãe sair para poder falar a sós com ele. Antes de virar a chave na fechadura, já pressentia quem estava no outro lado da porta.

20 O NOVO NOME DO RAVIÓLI

Visto bem de perto, o baixinho de orelhas redondas pareceu ainda menor a Gugu, que concordou com o que a mãe tinha dito: ele era um menininho, mas um menininho muito feio. Jamais ele entraria num comercial de tevê para anunciar um novo iogurte ou um refrigerante.

Gugu registrou isso tudo logo no primeiro olhar e surpreendeu-se ao sentir que, em vez de inspirar medo, seu perseguidor transmitia uma imagem de desamparo e fragilidade. Podia ser só um truque, Gugu pensou, de sobreaviso.

Os dois ficaram por um instante parados ali na porta, sem dizer uma palavra, como se tivessem descoberto que um não falava a língua do outro. Finalmente, quando o silêncio já estava se tornando insuportável, Gugu tomou a iniciativa:

– Você...

Parou nessa palavra. Não sabia o que perguntar e, a cada momento que passava, com a frase suspensa nos lábios, sentia crescer a irritação contra aquele sujeitinho. Afinal, ele é que vinha grudando nele como cola, não era? Então ele é que devia abrir a boca logo e ir explicando, bem explicadinho, o que estava querendo com aquela perseguição.

A voz que ouviu soou ao mesmo tempo como a de um adulto resfriado e a de um garoto de doze ou treze anos:
– Eu estou... querendo falar com você.
– É, eu sei – disse Gugu, mostrando que conhecia bem seu papel de perseguido.
– É... sobre a banda.
– Sobre a banda???!!!

Enquanto resolvia se deixava ou não deixava o espiãozinho entrar, Gugu teve a atenção chamada para o lábio superior do visitante. Havia ali uns pelinhos que, parecendo feitos a lápis, formavam um esboço de bigode. Mas o rosto era o de um garoto e o sorriso que se entreabriu nele foi tão amistoso que, um segundo depois, Gugu, esquecendo o medo, estava convidando:

– Você quer... entrar?

– Não. Não precisa.

Mesmo com o receio de estar fazendo uma grande besteira, Gugu insistiu:

– Pode entrar.

O pequeno espião entrou de cabeça baixa, acanhado, e foi só quando Gugu, ajeitando-se no sofá, o convidou a sentar-se na poltrona, que ele ergueu o pescoço e lançou à sala um olhar de admiração.

– É bonito aqui – ele elogiou.

Nesse instante, o apito do micro-ondas e o cheiro do molho do ravióli chegaram até eles. O menino empinou o nariz e, na expressão dele, Gugu leu imediatamente uma mensagem de quatro letras: fome.

Torceu para que o cheiro se dissipasse, porque não estava gostando da ideia de repartir seu almoço com ninguém, mas o aroma foi ficando cada vez mais forte. O nariz do visitante, levantado como um periscópio, farejava o ar com volúpia, e Gugu, mesmo com a consciência de que era uma loucura fazer entrar em casa um desconhecido e ainda oferecer comida a ele, acabou perguntando:

– Você... quer almoçar?

– Almoçar? – repetiu o espiãozinho, pronunciando a palavra como se fosse mágica.

– É. Você quer?

– Eu só... vim falar com você – disse o baixote, mas o olhar de desejo que ele dirigiu à cozinha foi tão expressivo que Gugu se levantou do sofá e convidou:

– Vamos lá.

Também ao entrar na cozinha a admiração do visitante se manifestou, primeiro com um olhar que parou por um instante na geladeira, correu para o fogão e os armários, até se fixar, encantado, no micro-ondas.

– Parece uma televisão – ele disse.

– É – concordou Gugu, lembrando como ele mesmo, alguns anos antes, quando o pai tinha dado o micro-ondas à mãe de presente de aniversário, havia achado a mesma coisa. – Senta aí.

Sentado, o visitante aceitou a salada que Gugu pôs no seu prato e foi logo enfiando o garfo num palmito, que espetou com alguma dificuldade. Engoliu sem mastigar e, em seguida, tentou pegar alguns grãos de ervilha. Não conseguindo, olhou furtivamente para Gugu e, achando que não estava sendo observado, ajeitou as ervilhas com a mão, em cima do garfo, e as enfiou gulosamente na boca.

Depois de esvaziar rapidamente o prato de salada, ele ergueu os olhos para o micro-ondas, esperançoso. Gugu, que tinha acabado também de comer sua salada, entendeu o recado. Levantou-se, abriu o forno e puxou a bandeja de ravióli. Pôs metade no prato do visitante e, enquanto punha a outra metade no seu prato, viu os raviólis começando a ser exterminados por ele. Quando enfiou os primeiros raviólis na boca, ouviu:

– Gostoso, isto. Como é o nome?

– Ravióli.

– O quê?

– Ravióli.

Enquanto Gugu imaginava de onde podia ter saído aquele sujeito que parecia não conhecer nada, o pequeno visitante ficou um instante pensativo. Depois, mastigando raviólis e sílabas, perguntou:

– Lavinhóri?

– Ra-vi-ó-li – pronunciou didaticamente Gugu.

– Ah, entendi – disse o baixinho, mas não se arriscou a repetir a palavra. – É gostoso.

– É – sorriu Gugu, notando que ele às vezes trocava certas letras. – Minha mãe faz caprichado, porque sabe que eu gosto.

– Ela é legal, não é?

– É, sim.

– E é... bonita, também. A minha...

– O que você queria falar comigo? – perguntou Gugu, quase rispidamente, já enervado com aquele sujeito que o seguia por toda parte, ia até a sua casa, dizia que precisava conversar com ele, comia da sua comida e, quando começava a falar, vinha com aquela história boba de mãe.

– É sobre a banda.

– Eu sei. Você já disse. Mas o que é que você quer falar? – impacientou-se Gugu. – Eu estou esperando.

21 *OS SEGREDOS DO ESPIÃO*

Baixando a cabeça e assumindo uma atitude ainda mais humilde, o pequeno espião balbuciou, como se estivesse confessando um crime:

– Eu quero cantar na banda.

– O quê???!!! – disse Gugu, quase gritando, e levantando-se num salto, como se a sua cadeira tivesse mola. Seu rosto se contraiu com uma expressão tão espantada que o visitante permaneceu em silêncio, sem coragem de olhar para ele.

– O quê?! – repetiu Gugu, um pouco menos exaltado e com meio sorriso já se abrindo. – Você fica atrás de mim, me segue, me persegue até em casa, me deixa pensar que é um espião, um ladrão, sei lá o quê, e depois me vem com essa? Por que você não disse logo que era isso que queria? Quanto tempo faz que você anda atrás de mim?

– Um mês, eu acho. Por aí.

– Um mês?

– É. Atrás de você e dos outros.

– Dos outros? Que outros?

– Os outros da banda.

– O Marquinho, o Fontão e o Fontinho?

– É – confessou o candidato a cantor.

– Mas por quê?

– Eu já falei. Eu quero ser cantor da banda. Um dia eu ouvi uma conversa de vocês sobre a banda, gostei e aí comecei a seguir os quatro.

– Mas a banda já tem cantor. Se você andou mesmo espionando a gente, está cansado de saber disso.

– Eu sei. A banda tem cantor, mas logo não vai ter mais.

– O quê? Você é maluco, é?

– Não. Eu sou só aquilo que você falou. Um... espião. Andando atrás de vocês quatro, eu descobri umas coisas. Uma é essa, que eu falei. A banda vai ficar sem cantor.

Gugu resolveu fazer um pouco de humor negro:

– Ah, é? O que vai acontecer? Você está planejando jogar o Fontão no rio?

O pequeno espião não riu. Apenas disse, baixinho mas com firmeza:

– Não. Ele vai partir pra outra.

– Pra outra? Que papo é esse?

– Eu sei que você não está conseguindo mais fazer os ensaios, é ou não é?

– É – teve de concordar Gugu. – Cada dia aqueles caras vêm com uma desculpa.

– Eu sei. O Marquinho fica enrolando e o Fontão e o Fontinho estão sempre falando que vão viajar pra um lugar não sei onde...

– A Disneylândia.

– É, isso aí. O Marquinho eu ainda não sei, mas o Fontão e o Fontinho estão de sujeira com você. Eles estão formando outra banda.

Essas palavras estouraram como uma bomba atômica na cabeça de Gugu. As desconfianças que ele vinha sentindo no último mês de repente se transformavam em certeza. Mas ele ainda não queria acreditar:

– Outra banda? Você é louco, cara, ou o quê?

– Não, eu já falei. Eu sou só um espião.

– Mas como é essa história da outra banda?

– O Fontão e o Fontinho têm dois primos.

— O Fontão e o Fontinho estão de sujeira com você. Eles estão formando outra banda.

– Eu sei. E daí?

– Um primo é baterista e o outro é..., como se chama?

– Guitarrista?

– É.

– Você inventou isso, não inventou?

– Não. É verdade.

– Como você sabe isso?

O espião explicou, com ar modesto:

– Eu já ouvi dois ensaios dos quatro. Escondido.

A segunda bomba atômica explodiu no cérebro de Gugu:

– O quê? Eles até já ensaiaram? Os quatro?

– Já. Duas vezes. E hoje à tarde eles vão ensaiar de novo.

– Ah, não vão, não. Aí a sua espionagem está furada. O Fontão e o Fontinho vão estar aqui às duas horas.

– Eu acho que não. Depois que você saiu do colégio, hoje, eu segui os dois e ouvi a conversa deles. Eles estavam combinando a desculpa que vão dar pra você, porque às duas eles têm ensaio lá na casa dos primos. Eles disseram que você é mandão, chato e filho da...

Gugu o interrompeu, para não ouvir o resto:

– Então você estava lá no colégio hoje?

– Estava. Eu ouvi a conversa de vocês com aquelas duas e depois...

– Eu não acredito. Você ouviu a nossa conversa com aquelas duas chatas?

– Ouvi tudo.

Gugu olhou bem para ele, imaginando se por acaso aquela estranha criatura tinha o dom de se tornar invisível. Para fazer um teste, disse:

– Eu não aguento aquelas duas. Elas me dão enjoo. Mas eu tirei uma com a cara delas, hoje. Você ouviu o que eu falei pra elas fazerem?

O instante de silêncio que se seguiu deu a Gugu a impressão de que começava a desmascarar aquele impostor. Ele não tinha tantos poderes assim. Quando já estava convencido de que sua pergunta ia ficar sem resposta, ele ouviu:

– Ah, você falou que elas deviam fazer uma dupla ser..., ser..., como é mesmo?

– Sertaneja. Mas onde você estava? Naquela escadaria, não dava nem pra uma formiga se esconder...

O pequeno espião não disse nada e Gugu, lembrando-se de uma das frases preferidas do pai (que ninguém gostava de revelar os segredos de sua profissão), não repetiu a pergunta. Preferiu fazer outra:

– Vamos ver se eu entendi esse rolo todo. Quer dizer que você anda seguindo a gente faz um mês só porque quer cantar na banda?

– É. Você mais do que os outros, porque você é o... chefe.

– E por que só hoje você decidiu falar comigo?

– Porque... Porque eu não sou bom pra falar com as pessoas.

– Você é tímido, é isso?

– É. Isso aí.

– E você já cantou em algum lugar?

– Umas duas vezes, lá na... lá na...

– Lá onde? – perguntou Gugu, pressentindo que, se viesse a resposta, não seria a resposta certa. A aflição no rosto do candidato a cantor indicava que ele, sem querer, quase tinha revelado um segredo desagradável.

– Lá... na associação – disse de modo vago o pequeno visitante e, para não dar a Gugu tempo de perguntar que associação era aquela, comentou:

– Eu acho que canto bem.

Gugu, que não queria nem pensar em ver aquele sujeitinho cantando na banda, com aquela voz de pato com gripe, achou melhor descobrir se era verdade o que ele tinha dito sobre o seu cantor titular:

– Você acha, então, que o Fontão não vem para o ensaio?

– Eu acho. E o Fontinho também não.

– Vamos fazer uma aposta? Eu digo que eles vêm.

– Se eles não vierem, você me deixa fazer um... como é que é o nome?

– Teste?

– É. Você deixa?

Querendo acreditar que o espião estava enganado sobre a história da traição dos irmãos Fontes, Gugu aceitou:

– Deixo. Está valendo.

Pegou, então, um pudim de chocolate na geladeira, encheu dois potinhos e, enquanto estendia um deles ao menino, lembrou-se de perguntar:

– Como é o seu nome?

– É Éverton. Mas a turma lá na... associação, não sei por quê, me chamava de Ratinho.

Gugu sorriu e propôs:

– Quer ver a minha bateria?

Os olhos de Éverton se acenderam:

– Quero. O som dela é... forte, não é?

Quando os dois começaram a subir a escada, a campainha tocou.

22 A MÃE NO PÔSTER

Enquanto Éverton ficou esperando no terceiro degrau da escada, Gugu desceu para ver quem havia tocado a campainha. Espiando pelo olho mágico, teve uma surpresa. Embora fosse só meio-dia e quinze e faltassem quase duas horas para o início do ensaio, lá estava Marquinho, com sua guitarra.

– Nossa! Já? O que aconteceu? – perguntou Gugu, abrindo a porta.

– O que aconteceu? Eu é que pergunto. Eu cheguei em casa, peguei na secretária eletrônica aquele seu recado e fiquei supercurioso. Quis ligar na hora, mas a Marina estava falando com o namorado. Aí eu almocei, ainda fiquei dando um tempo, pra ver se a Marina largava o telefone, mas ela disse que estava falando com a mãe e eu, então, decidi pegar a guitarra e vir. Aquilo que você falou do baixinho me deixou preocupado. Ele apareceu de novo por aqui?

Gugu não respondeu. Só apontou a escada. Por uns momentos, Marquinho permaneceu estático, sem nem piscar. Depois, sem dizer uma palavra, ficou olhando para Gugu, à espera de uma explicação.

– Marquinho, este é o Éverton – disse Gugu e, fazendo uma homenagem ao talento do pequeno espião, completou a apresentação brincando:

– Éverton, este aqui, como *você sabe muito bem*, é o Marquinho.

Marquinho passou a guitarra para o braço esquerdo e, depois de hesitar um pouco, apertou a mão de Éverton, que simpaticamente propôs:

– Se quiser, pode me chamar de Ratinho. Todo mundo me chama assim.

– Lá na escola? – perguntou Marquinho.

– Na escola? Não, lá na... – começou a dizer Éverton e novamente parou, como se tivesse dado um passo em falso à beira de um abismo.

– Você é de qual série? – quis saber Marquinho, fazendo uma pergunta que estava também na cabeça de Gugu.

– Série?

– É. Em que ano você está?

– Ano? Nenhum.

– Então você não é da escola? – estranhou Marquinho, olhando para Gugu.

– Não. Eu só... moro lá.

O espanto deixou Gugu e Marquinho mudos. Pelo que eles sabiam, só moravam no colégio um zelador, um vigia e um homem encarregado de fazer pequenos consertos, trocar lâmpadas e alguns outros serviços. Cada um deles ocupava um quartinho perto da cantina e nenhum tinha família. Mesmo assim, depois que passou o primeiro momento de perplexidade, Gugu procurou desvendar o mistério:

– Você é filho do seu Libânio?

– O vigia?

– É.

– Não.

– Ah, já sei – estalou os dedos Gugu, satisfeito por exercitar sua imaginação de detetive. – Você é filho do seu Manuel, o zelador.

– Não.

– Então o seu pai só pode ser...

– Eu não tenho pai – disse tristemente Éverton. – Ele morreu quando eu ainda estava na barriga da minha mãe.

Novamente Gugu e Marquinho permaneceram um instante calados, não sabendo o que dizer. Depois, para dominar o constrangimento que tinha ficado no ar, Gugu apontou a parte de cima do sobradinho e sugeriu:

– Vamos lá pro meu quarto? Do jeito que nós estamos parados aqui na escada, parece que acabamos de disputar uma corrida da Fórmula Um e estamos no pódio: o Éverton campeão, o Marquinho vice e eu o terceiro.

Marquinho deu uma risadinha, mas Éverton, que não parecia ter entendido a piada, nem sequer sorriu. Educadamente, deixou Gugu passar por ele, abriu passagem também para Marquinho e, sempre um degrau atrás deles, subiu a escada até o quarto de Gugu.

Lá dentro, seu olhar se iluminou enquanto ele contemplava as flâmulas, os pôsteres, os livros na estante, o aparelho de som, o porta-CDs abarrotado e, majestosa num canto, a bateria. Mas logo seu rosto se anuviou e Gugu e Marquinho perceberam que ele ainda sentia o efeito da revelação feita na escada. Estava ali, mas seus pensamentos não se desatavam do passado.

Demonstrando a intimidade que tinha na casa, Marquinho sentou-se na cama de Gugu e, tirando a capa da guitarra, dedilhou algumas notas, convidando o amigo a acompanhá-lo na bateria. Mas antes que Gugu, já pegando as baquetas, começasse, Éverton, parado diante de um pôster, perguntou:

– Quem é essa?

Gugu respondeu:

– Essa é uma cantora, a Tina Turner. Eu gosto dela, mas o meu pai e a minha mãe gostam mais ainda. É mais do tempo dos dois, sabe? Estou até pensando em tirar o pôster daí e colocar no quarto deles.

– Ela é parecida com a minha mãe – disse Éverton, fascinado com o pôster.

– Ah, é? Sua mãe é bonita, então – comentou Gugu.

– Antes ela era mais.

– Antes? – perguntou Marquinho, entrando na conversa.

– É. Antes de... – começou Éverton, mais uma vez cortando a frase com reticências.

Marquinho e Gugu imaginaram que ele não falaria mais uma palavra sobre a mãe, mas Éverton interrompeu a contemplação do pôster e, sentando-se ao lado de Marquinho na cama, retomou a frase e a concluiu rapidamente, mostrando como era difícil, para ele, dizer aquilo:

– Antes de ficar louca e ir parar no...

Dessa vez a pausa depois das reticências foi menor. A palavra que faltava caiu no meio do quarto como um pote de vidro, espatifando-se em mil pedaços:

– ... hospício.

23 UM ABRAÇO PARA OS PRIMOS

Depois que Éverton disse a terrível palavra de oito letras, Marquinho pôs a mão no seu ombro carinhosamente, como se ele fosse um velho amigo, e Gugu, sentado diante da bateria, precisou prender a respiração e concentrar-se para impedir que os olhos se enchessem de lágrimas.

Quando imaginou que Éverton ia chorar, percebeu que ele era mais forte do que aparentava. Como se estivesse contando a história de outro garoto e de outra mulher, ele disse, quase sem emoção:

– Depois que o meu pai morreu, a minha mãe começou a usar droga. O médico disse que eu nasci fraco por causa disso. Quando eu fiz sete anos, ela perdeu o emprego e começou a ser trafe... trafe... como é mesmo o nome?

– Traficante? – ajudou Marquinho.

– Isso aí. Aí ela foi presa uma vez, saiu, mas foi presa de novo. Lá na prisão ela ficou louca e então foi parar no hospício. O juiz me mandou pra um lugar nojento, depois pra outro, pior. Uma família queria ficar comigo, mas eu não gostei deles. Fugi e fui morar na rua, com outros moleques. Me pegaram quando eu estava roubando um tênis, me mandaram pra... associação, eu pulei o muro, voltei pra rua, me pegaram outra vez, me mandaram de novo pra lá, mas eu...

Ele parou, mas Gugu e Marquinho não precisavam de mais nenhuma palavra para saber que ele tinha fugido novamente. Também estava claro, agora, por que ele tinha dito, um pouco antes, que morava na escola. Gugu admirou a ousadia dele. Porque, mesmo com o dom de se tornar invisível, que parecia ter, andar sem ser notado naquele lugar cheio de gente devia ser um desafio para ele. Mas a recompensa devia valer a pena. Havia, ali, espaço suficiente para ele se sentir como se estivesse em um palácio.

Depois de narrar a dramática história de sua família, de acrescentar que não tinha irmãos e, causando outra vez o espanto de Gugu e Marquinho, dizer que, apesar da altura, estava com treze anos, Éverton pareceu aliviado e, sorrindo, perguntou:

– Vocês não iam tocar?

Aliviados também, os dois Furacões acharam que era uma boa ideia. Marquinho comentou:

– Assim, quando o Fontão e o Fontinho chegarem, a gente já vai estar no ponto.

Gugu achou que era hora de contar ao amigo o que tinha ouvido Éverton dizer:

– O Éverton acha que os dois não vêm.

– O quê? – estranhou Marquinho, arregalando os olhos e deixando no meio um acorde. – Mas eles não vêm por quê?

– O Éverton ouviu os dois falando que vão ensaiar com os primos.

– Os primos? Eu não acredito.

– Logo nós vamos saber se é verdade ou não.

– Mas eles sabem tocar alguma coisa?

– O Éverton disse que sim.

– E como é que você descobriu tudo isso? – Marquinho quis saber de Éverton.

Gugu respondeu pelo pequeno espião:

– Ele andou seguindo a gente.

– Nós *todos*? – perguntou Marquinho, espantado.

– Vocês todos – confirmou Éverton.

Como se estivesse num tribunal e tivesse medo de ser acusado pelo terrível espião, Marquinho disse:

– Você sabe, Gugu, que o Glauco anda me telefonando?

O nome do líder dos Diabos da Meia-Noite fez Gugu dar meia dúzia de furiosas batidas no prato da bateria. Depois da última delas, a mais violenta de todas, ele explodiu:

– Telefonando? Telefonando pra quê?

– Calma, Gugu.

– Calma? Você não devia falar com esse cara que vive gozando a gente. O que ele quer com você?

– Ele... me convidou pra tocar na banda dele.

– O quê? Que história é essa? Ele não tem mais guitarrista?

– Ele tem, Gugu. Mas ele me disse que quer fazer uns arranjos diferentes, com duas guitarras.

– Sabe o que ele quer, aquele filho da mãe? Ele quer acabar com os Furacões. Você não vai entrar na dele, vai?

– Não, Gugu. O que você acha que eu sou? Um traidor? Eu não sou isso, não – protestou Marquinho, olhando para Éverton como se estivesse se justificando com ele também.

Nesse momento, o telefone tocou. Gugu atendeu:

– Alô. Tudo bem. O quê? Mas por quê? Um... compromisso? Ah, um compromisso. Deve ser muito importante. Sei. Você me faz um favor, Fontão? Faz? Então pode mandar um grande abraço pra aqueles seus dois primos. É. Vocês acham que eu sou o quê? Burro? Quando vocês estavam indo, eu já estava voltando. Tchau.

Gugu desligou como se quisesse quebrar o telefone e disse a Éverton:

– Você estava certo.

Em seguida, olhando para Marquinho, quase chorando de raiva e despeito, anunciou:

– A nossa banda morreu.

A tristeza que Gugu viu no rosto de Éverton era tão intensa que ele não teve mais dúvida: ali estava um amigo, de verdade.

– Obrigado – disse então e, achando que era pouco, abraçou Éverton.

24 *SEM BAIXISTA E SEM VOCALISTA*

O desgosto provocado pela traição dos irmãos Fontes revoltou tanto Gugu e Marquinho que, por alguns dias, ansiosos por uma desforra, eles ainda alimentaram a esperança de manter vivos os Furacões. Testaram três baixistas e descobriram que nenhum deles tocava dez por cento do que tocava Fontinho. Até dormindo ele seria melhor do que os três juntos.

E, se a vaga de baixista ainda não tinha sido ocupada, as tentativas de transformar Éverton em vocalista eram hilariantes. O maior problema não era sua voz, era a sua total incapacidade de aprender as letras dos *rocks* que faziam parte do repertório da banda. Às vezes até conseguia decorar um trecho, mas a pronúncia era terrível: o "l" virava "r", o "r" virava "l", mais letras ficavam soando como se fossem outras e – pior do que tudo isso – a força que deviam transmitir as músicas era desmentida quando Éverton assumia o centro das atenções, parecendo um menininho chamado para ler uma lição na aula de catecismo.

Se ali no quarto de Gugu, só entre eles, o efeito que Éverton conseguia era um sorriso que ameaçava sempre descambar para a gargalhada, o que aconteceria num palco cheio de luzes e diante de cento e cinquenta ou duzentas pessoas?

– O Éverton só vai poder ser nosso vocalista – Gugu disse um dia a Marquinho – daqui a uns dez anos, depois de comer muito feijão. Hoje não dá.

– É. Ele vai precisar de duas coisas: aprender a cantar e conseguir um banquinho para alcançar o microfone.

– Ô, Marquinho, você não tem medo de ele estar ouvindo?

Marquinho olhou para todos os lados. Assim como Gugu, já gostava de Éverton e não queria magoá-lo, de jeito nenhum.

Começaram a procurar um vocalista, testaram mais dois baixistas, um pavoroso, o outro um pouquinho pior. O vocalista que apareceu, cheio de pose e proclamando ter um ano de aulas de canto, não trocava letras, mas o seu "l" era um "l" com mania de grandeza, e o seu "r" também. Numa das músicas do teste, ao dizer e repetir que o amor é verdadeiro ("love is true"), o que chegou aos ouvidos de Gugu e Marquinho e também de Éverton – que torcia descaradamente para o calouro ser reprovado – foi isto:

– Llllove is trrrrue! Llllove is trrrrue!

Quando o cantor foi embora, depois de receber de Gugu e Marquinho a falsa promessa de que logo entrariam em contato, se achassem um baixista para completar a banda, Gugu brincou:

– O cara é um tenor, hem? Que voz! Não sei como a parede não caiu.

Enquanto Éverton, imaginando que ele falava sério, resmungava alguma coisa, Marquinho comentou:

– O problema é que nossa banda é de *rock*, não é de ópera.

E, imitando o candidato a vocalista, berrou:

– Llllove is trrrrue! Llllove is trrrrue!

Um instante depois, Gugu estava berrando também, improvisando um dueto:

– Llllove is trrrrue! Llllove is trrrrue!

E Éverton, não resistindo, entrou para fazer um trio:

– Rrrrove is tllllue! Rrrrove is tlllllue!

Gugu e Marquinho pararam a cantoria, engasgados de tanto rir. Gostavam cada vez mais de Éverton. Ele era uma figura. Agora, ia todos os dias à casa de Gugu, que aos poucos tinha conseguido vencer a oposição do pai e da mãe e convencê-los de que ele não era perigoso como os dois haviam receado no início.

Depois de conhecer a história do pequeno espião, Olga criou afeição por ele e passou a aumentar as porções que preparava para o almoço. Éverton retribuía oferecendo-se para abrir e fechar a garagem, quando Olga ia trabalhar, e perguntando a todo instante se ela precisava de alguma coisa. Olga, encantada com Éverton, um dia perguntou se ele queria que ela fosse ver o que podia fazer para que o aceitassem de novo na associação de onde tinha fugido, ou talvez arranjar outra. Mas a reação de Éverton a fez desistir desse projeto, pelo menos por algum tempo.

– Eu não volto pra lá nem morto – ele jurou e, depois, sumiu da casa de Gugu por dois dias.

No terceiro dia, para se tranquilizar e também para aliviar a consciência da mãe, Gugu foi até o colégio com Marquinho. Só meio portão estava aberto, porque apenas a secretaria vinha funcionando naqueles dias. Os dois entraram, cumprimentaram seu Libânio, o vigia, e, sob o olhar meio desconfiado dele, disseram que estavam matando saudade da escola e começaram a andar por ali.

Vasculharam todos os cantos e não viram nenhum sinal de Éverton. Pararam então perto do lugar onde tinham conversado manhãs antes com os irmãos Fontes e com Vanusa e Vanessa.

– É, ele sumiu – disse Marquinho.

– Sumiu mesmo. A minha mãe vai ficar arrasada.

Quando acabou de dizer isso, Gugu ouviu uma voz atrás dele:

– Oi, pessoal.

Como se tivesse surgido do nada, ali estava Éverton. Os três se abraçaram, comovidos. Gugu podia dizer à mãe que não precisava se preocupar. O pequeno espião ainda sabia se cuidar.

25 *AS TRISTEZAS DE JANEIRO*

No finzinho de janeiro, Gugu e Marquinho haviam perdido a esperança de ressuscitar os Furacões. Tinham prazo até 23 de março para fazer a inscrição da banda no 2º Festival de Bandas de Rock do Grêmio Esportivo e Social 23 de Abril, mas a decisão já estava tomada: sem um bom baixista e um bom vocalista, não iam concorrer.

Éverton, que continuava merecendo o título de pequeno espião e não desistia da ideia de ser o vocalista dos Furacões, trazia quase todo dia notícias dos progressos da banda que os irmãos Fontes tinham montado com os primos:

– A banda vai se chamar Femônemo Amônimo.

– O quê?

– Femônemo Amônimo.

– Fenômeno Anônimo?

– É isso aí. Femônemo Amônimo.

– Eu acho que devia ser Os Traidores e Seus Primos – resmungou Gugu.

Éverton trazia também informações sobre os Diabos da Meia-Noite:

– Eles tocaram no aniversário da mãe do Glauco e, no fim, o pessoal ficou mais de cinco minutos batendo palmas.

– Claro. Tudo parente – zombou Gugu.

Se para os dois remanescentes dos Furacões as coisas não estavam boas, para Olga a conjunção dos astros também não parecia muito favorável. Tinha engordado um quilo e meio em uma quinzena; Nanci, a sócia, vinha dizendo que o novo namorado planejava abrir uma pousada no litoral e que ela talvez fosse para lá com ele; e, para piorar, nos últimos dias Gérson andava estranho, pensativo, alheio. Podia ser por causa dos problemas no trabalho, pensava ela, mas certos suspiros, certas respostas bruscas, certas desculpas não muito convincentes despertavam nela a suspeita de que podia haver algo mais. Mas o quê?

Alguma coisa grave havia no ar e ela teve certeza disso na manhã em que Gérson, depois de ouvi-la dizer que se sentia mal por não fazer nada para ajudar Éverton, disse, furioso:

– O que mais você quer? Adotar o menino? Só está faltando isso. Ele agora não sai daqui. Eu também gosto dele, mas acho que você já faz até mais do que devia.

Olga, também irritada, comentou:

– Você já teve um coração melhor, sabia?

E ele, amargo, havia respondido:

– Acho que eu tive uma família melhor, também, e mais compreensiva.

O diálogo terminou em uma discussão feia, que as desculpas de Gérson não conseguiram amenizar.

Se Olga fosse fútil, acharia um fácil consolo nos olhares que quase toda tarde, do outro lado da rua, lhe dirigia

um jovem admirador, aquele que um dia tinha entrado na loja para dizer que ela era a mulher mais linda do mundo. Mas Olga não era fútil.

Enquanto Olga se angustiava com essa situação, Gérson, além dos desentendimentos com ela, estava insatisfeito no trabalho. Não tinha conseguido a promoção que julgava merecer e, pior do que isso, vinha notando como Juarez, seu superior no departamento de eletroeletrônicos, andava frio com ele.

Descontente, Gérson passou a conversar cada vez com maior frequência com a bela Luana, que, contrariada por não ser promovida a superintendente da gravadora, fabricava diariamente na sua sala do oitavo andar o veneno com o qual pretendia destruir Paulo Garcia, o chefão geral.

Numa das tardes em que, mais uma vez, Luana e Gérson se empenhavam em realimentar o despeito e o rancor que sentiam, ela se levantou da cadeira, contornou a mesa, curvou-se sobre ele, que continuava sentado, encostou os lábios na sua orelha e cochichou:

– Sabe qual é o apelido do chefão?

Ele disse que não e Luana, cochichando de novo, soprou um nome tão ridículo, tão ofensivo, que Gérson teria começado a gargalhar, se no instante seguinte sua boca não fosse tapada por um beijo que ele não saberia informar quanto durou, mas do qual ele saiu zonzo, sem fôlego, apalermado.

Estava ainda tentando entender como aquilo tinha acontecido, tremendo como um garoto depois de beijar pela primeira vez a namoradinha, quando Luana, já de volta à sua cadeira, ofereceu, com uma voz em que não havia a menor perturbação:

– Vai mais um café?

Ele não respondeu, mas Luana pediu os cafezinhos a Ângela, sua secretária. Depois, como se fosse uma ordem, ela disse a Gérson:

– A gente se vê na saída, lá no estacionamento.

Gérson não disse que não. Nessa noite, chegando tarde em casa, com as palavras de Luana na memória e o gosto de sua boca nos lábios, deu como desculpa uma reunião marcada na última hora. Roído pelo remorso, demorou para pegar no sono.

Assim estavam as coisas e assim continuaram, para Olga, Gérson e Luana, até o primeiro dia de fevereiro. Mas, para Gugu e Marquinho, esse dia começaria a trazer decisivas modificações para o sonho deles de fazer reviver a banda.

26 *QUE GAROTA É ESSA?*

Na manhã de 1º de fevereiro, quando a mãe foi chamar Gugu no quarto, ele não acreditou no que ela disse:

– Ei, dorminhoco! Eu sei que você está em férias, mas também não precisa exagerar, não é? Você sabe que horas são? Dez e dez.

– Ah, essa não – duvidou ele, sentando-se na cama e dando uma espiada no radiorrelógio, depois de bocejar e esfregar os olhos. – Você mexeu aí, não foi?

– Eu não mexi em nada. Eu estava lá embaixo, esperando para fazer o seu sanduíche e o seu suco, porque eu queria dar um pulinho lá na casa da Marilisa e...

– Eles já estão morando lá?

– Já. Desde ontem. Eu não comentei? É que estou com a cabeça atrapalhada, por causa dos problemas lá na loja. E o seu pai também vem me preocupando. Você não acha que ele anda meio... esquisito? Pode falar a verdade.

A opinião de Gugu era igual à da mãe: o pai andava estranho, tão estranho que tinha deixado até de fazer perguntas sobre a banda, logo ele, que antes dizia ser o maior fã dela. Mas, para não deixar a mãe ainda mais nervosa, ele disse:

– Não, mãe. Estou achando o pai normal.

– Sério?

– Sério.

A resposta de Gugu tranquilizou Olga, pelo menos por alguns instantes, e, enquanto ele saía da cama para ir tomar banho, ela pediu:

– Olhe, eu preciso de um favor, pode ser?

– Claro, mãe. O que é?

– Para variar, eu estou atrasada com o almoço e não vou ter tempo de ir à casa da Marilisa. Você pode dar uma passadinha lá?

Gugu, que de jeito nenhum queria ver a cara de William e Melissa, perguntou, de mau humor:

– Ir lá pra quê?

– Eu quero mandar um bonsai que comprei para ela. É um presente de boas-vindas, sabe como é?

– Um o quê?

– Bonsai – respondeu Olga, mostrando um vasinho em que havia uma planta anã.

– Por que você não leva esse... negócio amanhã, mãe?

– Mas que má vontade, meu filho! O que custa você ir lá entregar?

– Está bom, mãe. Eu vou. Droga – resmungou Gugu, como se estivesse fazendo um grande e inesquecível favor.

E, como se fosse uma retribuição, Olga anunciou:

– Eu vou fazer um ravióli no capricho. Um pacotão. Assim, se o Éverton vier... Eu não canso de pensar nele. Ainda vou arranjar uma solução para isso. Ah, vou, sim. Me dói o coração ver esse menino perdido no mundo.

Depois do banho, de dois sanduíches e dois sucos, Gugu pegou o bonsai e saiu. A casa da amiga da mãe não era longe e ele poderia chegar em quinze minutos, se andasse rápido. Mas ele levou mais de vinte, porque ia sem querer ir, torcendo para não encontrar ninguém, embora soubesse que Marilisa trabalhava em casa, com listagens de computador.

Depois de tocar pela segunda vez a campainha, sentindo já a tentação de ir embora e dizer à mãe que tinha ficado meia hora ali plantado, começou a ouvir o som de uma guitarra. Na parte de cima da casa, um sobrado parecido com aquele onde ele morava, alguém tocava uma melodia que ele achou parecida com um tango.

Estava gostando daquilo, embora não fosse um *rock*, e tinha erguido o rosto, como se isso o ajudasse a ouvir melhor, quando uma garota alta e magra apareceu no portão.

– Oi – ela cumprimentou.

– Oi – ele disse, um pouco intimidado porque nunca poderia imaginar que Melissa, aquela menina meio desengonçada e presunçosa, se transformasse naquela garota bonita e que, pelo sorriso, dava a impressão de ter deixado sua antipatia e sua presunção no passado. A Cabo-de-Vassoura-com-Anemia parecia ter sido tocada por uma varinha de fada.

– Você é o... Gustavo, não é? – ela perguntou, ganhando com isso mais uns pontos.

– S... s... sou – ele confirmou, encantado com o reconhecimento. – E você é a Melissa, certo?

No mesmo instante, arrependeu-se da pergunta boba que fez e sentiu na barriga o mesmo friozinho que o incomodava quando tinha alguma prova importante na escola. Ficou um momento sem saber o que dizer, impressionado com a inibição que Melissa provocava nele, e deu graças a Deus ao se lembrar do bonsai que tinha ido entregar.

– Minha mãe mandou isto pra sua. Ela disse que é um presente.

– Sua mãe é um amor. Vamos entrar? Assim, você mesmo entrega. Minha mãe vai ficar feliz. Ela adora plantas.

Quando Melissa abriu a porta da sala, o som da guitarra cresceu nos ouvidos de Gugu e ele fez uma cara de aprovação.

– O William é louco por essa música. É a que ele mais toca – explicou Melissa. – Eu também gosto. E você?

– Estou achando legal. Mas eu sou mais ligado em *rock*.

– Eu também. Mas gosto de curtir outras coisas, às vezes.

Gugu já estava convencido de que a pernóstica Melissa de três anos antes não existia mais.

Estavam subindo a escada, também quase igual à da casa de Gugu. Em cima, passaram por um quarto, que Melissa disse ser o dela, por outro, maior, que ela informou ser o dos pais, e chegaram a um pequeno escritório. Lá dentro, Marilisa encarava a tela de um computador:

– Vai, lesma, vai. Ai, meu Deus, como isto está lento.

– Oi, mãe. Olha quem está aqui.

Marilisa tirou os olhos da tela e sorriu ao ver Gugu:

– Oi, que surpresa.

– Ele trouxe isso pra você, mãe.

– Minha mãe não pôde vir. Ela...

Marilisa pegou o bonsai:

– Ah, que beleza. Aquela sua mãe é demais. Obrigada, ouviu? Diga que eu gostei muito. William, ô, William!

William, empenhado em tirar uma sucessão de sons agudos da guitarra, não ouviu. Marilisa, então, disse à filha:

– Mel, leva o Gustavo lá, leva.

Enquanto Melissa o levava para o quarto do irmão, Gugu pensou que, se William não tivesse mudado muito, a conversa dos dois não seria nada boa.

27 *MAIS SURPRESAS*

Quando Melissa e Gugu entraram no quarto, William, que estava no fim da música, sorriu para os dois e imediatamente parou de tocar, mesmo com o sinal de Gugu para que ele continuasse. Pôs a guitarra de lado, levantou-se da cama e, com uma simpatia que surpreendeu Gugu, o abraçou como se por muitos anos tivesse esperado aquele momento:

– Oi, cara. Tudo bem? Há quanto tempo, hem?

– É – respondeu Gugu, meio sem jeito e notando que William tinha mudado bastante em três anos. – Por que você parou? Estava um arraso. Eu não sabia que você tocava assim.

– Eu não tocava – disse William, bem-humorado. – Eu comecei faz uns dois anos e meio. E você? Minha mãe falou que você tem uma banda.

– É. Como vai a banda? – perguntou Melissa.

– A banda? A banda já era.

– Mas por quê? – quis saber William, voltando a sentar-se na cama e oferecendo um lugarzinho ali para Gugu.

– Porque o baixista e o vocalista tiraram o time de campo e foram formar outra banda, os filhos da mãe – lastimou Gugu, sentando-se também na cama e vendo, com prazer, que Melissa estava se sentando ao lado dele.

– Que chato – comentou William. – Por que os caras fizeram isso?

Gugu sorriu e, para fingir que não estava tão desapontado com o fim dos Furacões, brincou:

– Acho que eles não aguentavam ouvir o baterista da banda tocar tão mal.

– Como é o nome dela? – perguntou Melissa.

– De quem?

– Da banda.

– Ah! É Furacões. Quer dizer, era, quando estava viva. Agora é Ventinhos.

Melissa gostou:

– Furacões? Que legal! Gostei do nome. Tem... força.

– Fui eu que escolhi – disse Gugu, inchado de orgulho.

Depois de ouvir o nome da banda, William interessou-se pelo seu repertório:

– E o que vocês... tocavam?

Melissa antecipou-se:

– *Rock*, não é?

– Como você sabe, Mel?

– Ele disse lá embaixo.

– Lá embaixo?

– É. Quando ele chegou. É *rock* ou não é, Gustavo?

– É – Gugu confirmou e, para que ela ficasse mais à vontade com ele, pediu:

– Me chama de Gugu, vai, senão eu me sinto um... velhão.

– Está bom, Gugu – ela riu.

– Era só *rock* que vocês tocavam? – William perguntou.

– Era.

– Sabe por que ele quis saber, Gugu? Porque ele é louco por músicas latinas: merengue, salsa, rumba, essas coisas.

– Isso que você estava tocando era o quê? – interessou--se Gugu.

– Era um bolero – disse William e, pegando a guitarra, voltou a tocar a música. Nesse instante, Melissa começou a cantar, em espanhol, e Gugu teve mais uma surpresa: ela cantava bem, muito bem, e de repente lhe passou pela cabeça que, se ele tivesse sabido disso antes, a banda talvez se salvasse.

Nos dois ou três minutos que durou a música, Gugu ficou fascinado. Lembrou-se de um desenho animado que tinha visto na tevê, no qual um menino viajava pelo mundo em um tapete voador. Foi assim que ele se sentiu: flutuando entre nuvens. Quando a música acabou, ele já sabia que nunca mais olharia para Melissa com os mesmos olhos. A partir daquele momento, ela seria sempre para ele o que seu nome, resumido, indicava: mel.

Reprimindo o impulso de abraçar a garota e beijá-la uma, duas, dez vezes, ele apontou o polegar para cima e aplaudiu os dois irmãos:

– Valeu! Vocês são um *show*, sabiam?

– Eu sou médio, mas ela canta demais, é ou não é? – avaliou modestamente William. – Só que ela não gosta muito.

– Você não gosta de cantar? – espantou-se Gugu.

Melissa cantava bem, muito bem, e de repente passou pela cabeça de Gugu que, se ele tivesse sabido disso antes, a banda talvez se salvasse.

– Gostar até que eu gosto, de vez em quando. Mas a coisa que eu mais...

– Ela queria ser modelo – disse William, antecipando o fim da frase e fazendo Gugu lembrar, com desprazer, o tempo em que ela parecia a garota mais metida do mundo.

– Queria não. Eu quero – protestou Melissa. – E eu *vou* ser.

– O pai garante que não – provocou William.

– E você concorda com ele, não é, bobão?

– Acho bom você me respeitar, porque...

– Já sei. Porque você é mais velho.

– É isso aí.

– E você pensa que, por causa de um ano a mais, você tem o direito de pegar no meu pé?

– Um ano e um mês.

– Ah, é. Eu tinha esquecido. Um ano e um mês. Você e o pai são dois chatos. Pode uma coisa assim? – Melissa perguntou a Gugu. – Meu pai quer que eu seja advogada, como ele. Ele acha que não existe profissão melhor. Só que eu não acho. Por causa disso, ele vive implicando comigo.

– Ela está furiosa com o meu pai porque ela queria fazer um *book* e ele não deixou.

– Buque? – perguntou Gugu, não percebendo que William se referia à palavra inglesa. – O que é isso?

– É um álbum de fotos que as modelos levam pro pessoal das agências ver. Como é que você chama mesmo esse pessoal, Mel?

– Descobridores de talentos – respondeu com ar sonhador Melissa e, em seguida, suspirou:

– Eu estou juntando uma grana e ainda vou ter o meu *book*.

– O problema não é o dinheiro, você sabe, Mel – censurou William. – É que o pai acha que tem muito malandro nesse meio.

– O pai desconfia de tudo. Ele pensa que todo mundo só quer dar golpe em todo mundo. Todos os advogados são assim, eu acho. Tudo, com eles, precisa estar marcadinho no papel, direitinho, sabe como é?

Ela disse isso e, por alguns momentos, os três ficaram sem assunto. Melissa então se pôs a cantarolar o começo de um *rock* e Gugu, de novo flutuando no seu tapete mágico, comentou:

— Puxa, você é mil vezes melhor do que o cara que cantava na banda. Se você topasse e se eu arranjasse um baixista...

— Sai dessa. Eu canto só por farra e não ia aguentar aquela encheção de ensaio todo dia – avisou Melissa, enquanto William, de repente, se colocava de gatinhas no chão, procurando alguma coisa embaixo da cama.

Dez segundos depois, ele estava puxando uma capa velha de instrumento, que veio acompanhada por um punhado de pó e um pé de sapato. Tossindo, William perguntou a Gugu, brincando:

— Sabe o que é isto, maestro?

Enquanto ele livrava o instrumento da capa, Gugu exclamou:

— Eu não acredito. Você não vai dizer que toca isso também, vai?

— Eu comecei querendo ser baixista. Só depois é que eu passei pra guitarra. Mas ainda sei tirar umas notinhas deste treco aqui.

Quinze minutos depois, Gugu estava saindo da casa de William e Melissa com algumas certezas que, sob o sol glorioso do meio-dia, ele foi anotando mentalmente:

1ª) Melissa era a maior cantora do mundo.

2ª) Ele estava apaixonado por ela.

3ª) William não era melhor baixista do que Fontinho, mas dava de goleada nos outros que ele e Marquinho tinham testado.

4ª) Embora Melissa tivesse pedido um tempo para dar a resposta, já era quase possível acreditar que os Furacões voltariam com toda a força.

Perto de casa, ele se sentiu desapontado porque ia precisar esperar a noite para contar as novidades à mãe. Ela já devia estar na loja, e ele não gostava de ficar ligando para lá. Ela ia se entusiasmar ao saber que ele havia mudado de opinião sobre os outrora insuportáveis filhos da amiga. Éverton estava esperando por ele na esquina. Permanecia fiel aos Furacões e, mesmo sem Gugu e Marquinho pedirem, fazia diariamente seu trabalho de espionagem. Uns dias antes, percebendo que ele continuava triste por não fazer parte da banda, Gugu tinha dito que, a partir daquele momento, ele seria o empresário dos Furacões.

– O que é isso? – Éverton havia estranhado.

– Quando a gente começar a fazer sucesso, você vai ver. Todos os *shows* você é que vai marcar.

– Então eu vou ser o...

– O chefe, o chefão.

– Puxa, isso é... importante. Você é legal. E eu quero ser também o torcedor número um. Posso?

– Você já é – respondeu Gugu, comovido. – Qualquer hora nós vamos ensaiar uns gritos de guerra pra...

– Gritos do quê?

– Umas coisas pra nossa torcida gritar quando a banda estiver tocando. Sabe como é?

– Acho que sim.

– E você é que vai puxar os gritos.

– Puxar?

– É. Você que vai gritar primeiro.

– Nossa!

Quando soube das boas notícias e das novas esperanças que Gugu trazia da casa de Melissa e William, ele vibrou e, como bom espião que era, deu um conselho: eles não deviam deixar a notícia se espalhar para não despertar a atenção dos inimigos. Os Diabos da Meia-Noite e o Fenômeno Anônimo precisavam continuar pensando que os Furacões jamais iam voltar a soprar.

28 *A MÚSICA SEM-NOME*

Naquela tarde mesmo, a esperança de Gugu se concretizou. Melissa, dizendo que fazia aquilo pelo irmão, empolgado com a possibilidade de tocar em uma banda, aceitou ser a vocalista dos Furacões:

– O William fez a maior pressão e eu entrei na dele. E você estava tão triste, Gugu, que eu pensei: estamos nas férias, mesmo, e até que pode ser uma boa.

Gugu deu um abraço forte nela, tão forte que ela brincou:

– Puxa, eu senti que a banda era importante pra você, mas não sabia que era tanto.

Gugu olhou para ela com uns olhos tão acesos de paixão que, nesse instante, quando a imagem de Josilene se formou em sua memória, ele tratou logo de apagá-la, como se estivesse traindo Melissa.

Ela notou o olhar e, sentindo a força dele, retribuiu com outro que Gugu recebeu como uma promessa.

William percebeu e riu:

– Uh! Uh!

Os ensaios começaram na manhã seguinte, na casa de Gugu. Ele receou que Éverton fosse ficar enciumado com a entrada de Melissa e William na banda, mas os três se deram bem, logo no primeiro dia. Gérson tinha saído para o trabalho, mas Olga, satisfeita, parecia uma garota recebendo amigos. Quando estavam conversando para escolher a música que iam tocar no festival, Gugu e Marquinho foram surpreendidos num intervalo para o lanche.

Tinham ajudado Éverton e os dois irmãos a devorar uns pasteizinhos feitos por Olga, quando William, pegando a guitarra de Marquinho, começou a dedilhá-la, acompanhado por Melissa. Gugu e Marquinho se olharam: que música era aquela?

O ritmo era gostoso e a letra, simples, falava de um amor puro, que na voz de Melissa parecia o mais puro de todos os amores. Quando a música acabou, Gugu e Marquinho ficaram olhando tão fixamente para os dois irmãos que William estranhou:
— Ei, qual é? Vocês nunca viram a gente, não? Mel, vê se eu estou com uma melancia na cabeça, vê.
Melissa também não entendeu:
— Gente, eu estou me sentindo como um ET. Se vocês me dão licença, vou lá fora pegar meu disco voador...
Éverton gostou da ideia:
— Você me leva pra dar uma volta?
Depois das manifestações brincalhonas dos dois irmãos, Gugu perguntou:
— Que música é essa?
— Você achou boa? — disse William.
— Eu achei o máximo. Como é o nome dela?
— Ela não tem nome.

– Ah, cara, o que é isso? Você está a fim de me gozar, é?

– Não.

– Como não?

– Eu disse a verdade. É ou não é, Mel?

– É.

– Essa não, Mel. Você também quer tirar uma comigo?

– Eu não. O William não mentiu, Gugu. Pode crer. A música não tem nome, ainda.

– Ainda?! Que história é essa? Vocês não vão me dizer que inventaram a música hoje, aqui.

– Não. O William fez essa música no mês passado, por aí.

– É mesmo? – disse Gugu, impressionado.

– É. De vez em quando eu dou uma de compositor. Eu tenho outras. Umas dez.

– E todas são boas como essa?

– Não. Essa é a melhorzinha. Das outras só o meu pai gosta. Ele tem todas numa fita com ele, lá no escritório. Mas uma é pior do que a outra, não é, Mel?

Mel confirmou:

– É, elas são ruinzinhas, sim. Essa é a única que dá pro gasto. Mas por que esse escândalo todo?

– É que... – vacilou Gugu – eu acho que a gente podia dar umas ensaiadas com essa música.

– Dar umas ensaiadas? Mas dar umas ensaiadas pra quê? – perguntou William.

– Pra apresentar no festival, ora.

– Você pirou, cara? Não era você que era o maior roqueiro? E o festival não é de *rock*? A música é boba, lenta demais.

– Eu não acho, não. Se a gente der uma agitada nela... O que você acha, Marquinho?

– A gente pode tentar. Se der certo, William, você já imaginou? Quando o júri souber que a música é inédita e que é sua, a gente pode ganhar uns pontinhos com isso.

William continuava em dúvida:

– Sei lá. Acho que não vai rolar. Mas, se vocês dois querem tentar, tudo bem.

Depois dessa conversa, a música de William, que eles batizaram de *Amor é tudo isso aí que você está pensando e um pouco mais*, passou a ser ensaiada com outras três. Até 23 de março, último dia para a inscrição, eles tinham tempo para escolher uma.

Entusiasmado com os ensaios, Gugu gravou um deles, quando a banda já estava entrosada, e mostrou a fita ao pai. A mãe não precisava disso: toda manhã, ela acompanhava os avanços dos novos Furacões e cada vez se impressionava mais com aquilo. De vez em quando, até cantarolava um trecho de *Amor é tudo isso aí que você está pensando e um pouco mais*. Que compositor, aquele William.

29 *FEVEREIRO E SUAS TRAMAS*

Fevereiro, que tinha se iniciado para Olga ainda com as incertezas sobre o destino da loja – se Nanci resolveria mesmo se mudar para o litoral com o novo namorado – e sobre o futuro do seu casamento – se Gérson continuaria como ultimamente –, começou a se mostrar um pouco mais simpático a partir da segunda semana.

Uma tarde, assim que chegou à loja, ela estranhou a falta de pressa da sócia:

– E aí, Nanci, não tem namoro hoje?

– Namoro? Não. Eu acabei com o Marcinho.

– Acabou? Mas acabou como? Ainda ontem você estava fazendo tantos projetos.

– É. Eu estava mesmo. Mas isso foi ontem. Descobri o que eu sempre acabo descobrindo. O cara é bonitinho, legalzinho, mas muito inconstante, sabe como é? Um dia quer construir uma pousada, no outro acha melhor uma lotérica, e no dia seguinte já está falando que o bom mesmo é uma videolocadora. Ontem, sabe o que ele queria me convencer a abrir? Uma granja.

– Granja?

– É. Você imaginou a sua amiga aqui metida no mato, dando milho para as galinhas?

– Ia ser engraçado. Mas você acabou o namoro só por causa da... granja?

– Não. Essa foi só a gota d'água. Descobri que o cara tem uma namorada em cada esquina. E mais uma coisa. Você estava certa: ele é muito criança para mim. Se bem que...

– Se bem que o quê? – perguntou Olga, notando a ansiedade com que a sócia esticou o pescoço para observar alguma coisa no outro lado da rua.

– Se bem que... Está vendo aquele garotinho lindo? Hoje cedo ele entrou aqui, veio chegando de cabeça baixa, todo sem jeito, e de repente sabe o que ele me disse?

Olga, que imediatamente reconheceu o menino galanteador, imaginava bem o que ele tinha dito à amiga, mas ficou esperando a revelação de Nanci.

– Ele me disse que eu sou a mulher mais linda que ele conhece.

Olga sorriu: parecia que, na opinião do garoto, as duas mulheres mais bonitas do mundo trabalhavam ali na loja. Já certa de que a timidez do rapazinho era só teatro dele, ela brincou com a sócia:

– Ah, Nanci, você é linda, sim, mas cuidado com aquele garoto. Ele pensa que é um sultão e está querendo montar um harém.

– Por que você está dizendo isso? – perguntou Nanci. – Ah, já sei. Ele também passou uma cantada em você. É isso?

– É isso aí.

– Ah, moleque – resmungou Nanci, lançando um olhar tão furioso para o outro lado da rua que, no mesmo instante, o garoto desapareceu.

A partir desse dia, tranquila quanto ao futuro da loja, as preocupações de Olga passaram a se concentrar em Gérson, cada vez mais chamado a participar de reuniões fora do expediente na empresa e chegando cada dia mais tarde em casa. Ela não era ingênua e disse isso a ele. Os diálogos dos dois começaram a se tornar ácidos e só se atenuavam quando Gugu era testemunha deles. Uma noite, ele ouviu um comentário sarcástico da mãe:

– Gérson, o que aconteceu? Hoje você ainda não falou da Luana...

Enredado na teia de intrigas e conspirações de Luana e a cada instante mais seduzido por ela, por seu charme e pela força que ele não tinha e admirava nela, Gérson era atormentado por uma agulhada de remorso quando pensava na pouca atenção que estava dando a Olga e a Gugu.

Numa das noites em que, depois do trabalho, se encontrou com Luana fora da empresa, entregou a ela um pacotinho e pediu um favor com o qual ele esperava pagar pelo menos um pouco da dívida que sentia ter com a família. Gugu ia ficar muito feliz se aquilo que ele estava imaginando desse certo.

Mas Luana, que vinha usando todas as armas para derrubar seus inimigos, provocou um rebuliço na empresa, um pouco antes do fim da primeira quinzena de fevereiro. Depois de pedir uma semana de licença para cuidar da saúde, no dia 13 ficou muito claro que ela jamais voltaria a trabalhar lá.

A primeira página do caderno de variedades de um grande jornal, sob a manchete "Lucky Green muda o rumo da carreira", trazia a história da briga do famoso cantor com sua gravadora e da assinatura do seu contrato com uma nova empresa, criada por Luana Dias, tratada na reportagem como incansável descobridora de talentos e como namorada de Lucky. Segundo o jornal, ela havia saído da empresa por discordar da visão ultrapassada dos seus diretores e já estava preparando o lançamento de um CD com novas músicas do astro.

Ao ler a notícia, sozinho na sua sala no sétimo andar, sabendo que jamais veria Luana de novo e que tinha sido enganado por ela, Gérson resmungou:

– E a mentirosa me disse que o Lucky era primo dela...

30 *FINGINDO-SE DE MORTOS*

E março chegou. As aulas começaram e o maior problema de Gugu e Marquinho era fingir que o sonho de ganhar o festival tinha sido abandonado. Todos deviam acreditar que os Furacões estavam mortos e enterrados.

Na classe, os dois eram olhados com desdém por Fontinho, que estendeu seu ar superior a Melissa, ao perceber que ela era amiga deles. Melissa, que a cada dia se enturmava mais, zombava:

– É um tonto. Se ele não quer falar comigo, melhor pra mim.

E Gugu concordava:

– É isso aí. Gastar saliva com certos caras é desperdício.

Na sétima série, William já era amigo de todos, menos de Fontão e de Glauco e os seus Diabos. Eles não tinham tempo a perder com um estranho. Fontão imaginava o dia em que ia poder, com o irmão e os primos, fazer o que os Furacões não tinham conseguido: esfregar o troféu de campeão na cara de Glauco.

Glauco, que tinha ouvido falar da união dos irmãos Fontes com os primos, não levava a sério aquilo:

– Eles vão tocar o quê? Como é que se chama aquela música portuguesa? Fado? Vira?

No dia 23, o último para a inscrição, os Furacões registraram a banda para o festival. Com isso, diminuíram o

tempo que os Diabos da Meia-Noite e os primos do Fenômeno Anônimo teriam para se preocupar com eles e começar a espioná-los. Nessa área, a da espionagem, estavam tranquilos: sabiam que os inimigos, por mais espertos que fossem, jamais seriam tão eficientes quanto Éverton.

Ele continuava pegando informações em toda parte e Gugu, Marquinho, William e Melissa tinham sido avisados: os Diabos e os Fenômenos estavam afiados. Se os Furacões quisessem ter chance de vitória, até 23 de abril deveriam cuidar só de uma coisa: ensaiar, ensaiar e ensaiar.

Um dia, no intervalo entre a segunda e a terceira aulas, Glauco fez questão de mostrar que já estava sabendo da inscrição dos Furacões para o festival. Vendo Gugu conversar com Melissa, ele passou e disse:

– Tem gente que gosta de perdedores. Que pena! Uma garota tão bonitinha merecia coisa melhor. Cantar numa banda fracassada...

Se William não o segurasse, Gugu teria pulado no pescoço de Glauco.

O líder dos Diabos da Meia-Noite ficou provocando, com os braços preparados para a luta:

– Pode deixar esse frouxo vir. Se ele quer apanhar, é problema dele.

– Você vai ver – gritou Gugu, tentando livrar-se de William. – No festival, você vai pagar tudo. É só esperar.

– Estou esperando – desafiou Glauco. – Vou ficar marcando os dias no calendário.

– Pode marcar. No dia 23 de abril você vai engolir essa pose.

– Sabe de uma coisa? Eu estou morrendo de medo – disse Glauco, dando uma gargalhada. – Ai, ai. Como ele é valente!

---

31 *UM AMOR FRAQUINHO*

Para os Furacões, e principalmente para Gugu, parecia que o dia 23 de abril ia demorar um século para chegar. Quando ele finalmente chegou, a banda estava exausta de ensaiar e tão enjoada de tocar e retocar *Amor é tudo isso aí que você está pensando e um pouco mais* que não acreditava mais na música.

No ensaio que fizeram na manhã do grande dia, William parecia um daqueles acusados tão conscientes da própria culpa que, não tendo confiança nenhuma na absolvição e não aguentando mais ouvir os debates entre o promotor e o advogado, sentem vontade de se levantar do banco dos réus e gritar:

– Eu sou culpado! Vocês estão ouvindo? Eu sou culpado!

Na hora de sair para o trabalho, desejar boa sorte e prometer que estaria com Gérson à noite no grêmio, para torcer por eles, Olga notou o abatimento do baixista dos Furacões e cobrou dele:

– Ei, o que é isso, William? Ânimo! O que está acontecendo?

– Sabe o que é, dona Olga? Eu estou achando que a minha música vai enterrar a banda hoje. Ela é fraquinha, fraquinha.

– O quê? Uma música tão linda! Quer saber de uma coisa? Às vezes, eu estou ouvindo e fico tão arrepiada de emoção que tenho vontade de chorar.

– Eu também às vezes, quando ouço a música, tenho vontade de chorar, dona Olga, só que de raiva – disse William, parecendo haver recuperado um pouco do seu bom humor.

Isso aliviou Olga, que se despediu e, ajudada por Éverton, foi tirar o carro da garagem. Cada dia gostava mais do menino e se culpava por não fazer nada por ele. Esperava, aos poucos, vencer sua resistência e convencê-lo de que não podia continuar daquele jeito, sem ir à escola. O problema era que Éverton, pelas experiências ruins que tinha tido, não gostava nem de ouvir falar no assunto. Quando ela começava a falar naquilo, ele dizia, teimoso:

– Não vou pra nenhuma associação.

Mas Olga já tinha consultado uma assistente social, sua amiga, e estava disposta a fazer tudo para começar a mudar a vida de Éverton.

Numa iniciativa que tinha empolgado a mãe e agradado ao pai, agora já convencido de que alguma coisa devia mesmo ser feita pelo menino, Gugu estava tentando ensinar Éverton a ler, mas ele não colaborava. Dizia que já sabia e não ficava nem vermelho com a mentira:

– Eu aprendi lá na associação.

Às duas horas, quando encerraram o ensaio e se despediram, Gugu recomendou a William:

– Olhe lá, hem? A sua mãe não vai esquecer de passar aqui pra me levar, não é?

– Não, cara. Ela é meio esquecida, mas não tem erro. Eu e a Mel vamos estar no carro e, se a minha mãe vacilar no caminho, eu assumo o volante.

– Eu estou falando porque, se vocês não passarem por aqui, vão precisar laçar outro baterista lá no grêmio. Não vai dar pra sair carregando a bateria nas costas.

– Você ia ficar bonitinho – disse Melissa, dando um beijinho logo retribuído por Gugu e galhofeiramente comentado por William:

– Essa Furacona é assanhada demais. Parece até uma irmã que eu tenho... A nossa música devia ter um subtítulo: *A história de Gugu e Mel*.

Melissa, William e Marquinho foram embora. No sobrado, com Gugu, ficou apenas Éverton. Gugu, apesar de todo seu empenho, não estava conseguindo convencer o pequeno espião a vestir uma bermuda e uma camiseta escolhidas por Olga entre algumas roupas do tempo em que o filho era menor e que haviam ficado no fundo de uma gaveta, como recordação.

– Não, eu não vou pôr isso, não – disse novamente Éverton, depois da milésima tentativa de Gugu.

– Mas por quê? Com essa sua... roupa, você não vai conseguir entrar.

– Eu me viro, pode deixar. Já vou indo. Tchau.

– Ei, aonde você vai?

– Dar um giro. Depois, eu vou direto pra lá.

– Você não quer ir com a gente?

– Não, acho que não.

– Então é melhor você já levar o convite.

– Convite?

– É. O ingresso. Espera aí, que eu vou pegar.

Éverton dobrou o convite de qualquer jeito e o enfiou no bolso da sua calça esfarrapada. Não parecia dar a mínima importância àquele pedaço de papel. Quando o viu sair, com seu andar furtivo, Gugu, imaginando que ele estava partindo para a última missão de espionagem antes do festival, sorriu: com aquele dom de se tornar invisível, ele não precisava mesmo nem de roupa decente nem de convite para entrar em lugar nenhum.

– Você não vai faltar, vai? – perguntou Gugu.

– E eu sou louco?

– De repente a banda faz sucesso, querem contratar a gente e, você sabe, você é o nosso...

– Eu sei. Eu sou o empresário – Éverton disse, convicto.

– E o torcedor número um. Eô! Eô! Furacões! Furacões!

32 A HORA É AGORA

Quando Melissa, William e Gugu chegaram ao Grêmio Esportivo e Social 23 de Abril no carro de Marilisa, encontraram Marquinho na porta, com a guitarra. Enquanto os outros três Furacões se punham a tirar do carro o baixo de William e a bateria de Gugu, Marquinho se queixou:

– Puxa. Que susto. Eu estava achando que vocês não vinham mais.

Os outros Furacões acharam graça e Gugu propôs a Melissa e a William:

– Vamos dar uma vaia nele, gente? Você não tem relógio, cara? São sete e meia, o festival começa às nove e a nossa banda é a quinta a entrar. Você não vai me dizer que tudo isso é nervosismo, vai?

– Nervosismo? O que é isso? Eu estou tremendo é de frio. Não sei se você reparou, mas começou a cair neve...

Nesse momento, um carro grande, imponente como um navio, parou. O motorista, de uniforme, abriu as portas e por elas começou a sair o Fenômeno Anônimo: os irmãos Fontes, com sua empáfia, e os dois primos, com uma empáfia ainda maior.

Enquanto o motorista descarregava os instrumentos com cuidado, como se estivesse lidando com vasos de porcelana, os quatro passaram pelos Furacões sem olhar para eles. Fontinho e Fontão nunca mais tinham conversado com Gugu e Marquinho, nem na escola nem em nenhum outro lugar. Era como se não se conhecessem. Logo em seguida, de um carro quase tão grande quanto o primeiro, desceram Antônio Fontes, o pai de Fontão e Fontinho, e a mulher, Manuela Fontes, que se esforçava para dar a impressão de estar indo para uma recepção num palácio.

– Vocês viram só? – comentou Gugu. – Se depender de pose, esses aí já ganharam. Vamos entrar?

Quando entraram no grande salão, na parte dos fundos do grêmio, onde as dezesseis bandas participantes ficariam esperando a chamada do apresentador, viram bem no centro, com ar de triunfo e sarcasmo, Glauco e os outros três Diabos da Meia-Noite.

Em pouco tempo o salão se encheu, com a chegada de todas as bandas, e o ruído de vozes e de instrumentos recebendo a última afinação se manteve até que, faltando dez minutos para as nove, um dos organizadores pediu silêncio, porque o apresentador ia dar início ao festival, do qual iam participar quatro bandas a mais que no ano anterior.

Dali onde estavam, as dezesseis bandas podiam ouvir o que se passava no auditório, e era isso o que todos mais queriam a partir daquele instante. As três primeiras bandas não causaram muito entusiasmo no público nem preocupação entre as outras bandas que aguardavam a vez de se apresentar. Mas a seguinte – o Fenômeno Anônimo – arrancou exclamações de admiração e de inveja dos jovens músicos no salão de espera e foi muito aplaudida pelos espectadores. Os irmãos Fontes e seus primos pareciam reis no dia da coroação.

Foi com a desvantagem de tocar logo depois de uma das favoritas que os Furacões entraram para a sua apresentação. Enquanto os dois ajudantes de palco providenciavam a melhor colocação dos instrumentos e a altura correta do microfone, Gugu olhou para a plateia e viu, sentados na mesma fileira, os pais de Marquinho, a mãe de Melissa e de William e também o pai dos dois, Ânderson, que tinha ido para lá direto do seu escritório de advocacia.

Na fileira de trás estavam Olga, que tinha ido para lá depois de fechar a loja, Gérson, que havia passado a tarde ansioso, torcendo para que não fosse marcada nenhuma reunião de última hora na empresa, e Éverton, preocupado, olhando para todos os cantos do salão, parecendo mais franzino do que nunca.

Suando muito, nervosos, amedrontados, os Furacões receberam o sinal do apresentador. Tinham esperado tanto aquele momento e, agora, se de repente o palco ficasse escuro e alguém dissesse que o festival precisaria ser interrompido por alguns instantes, eles sairiam dali correndo, torcendo para que a luz não voltasse nunca. Já nos acordes iniciais Gugu sentiu que nem nos primeiros ensaios a banda havia estado tão mal. Daquele jeito, o resultado só podia ser um: fracasso total.

Mas aos poucos eles foram se acalmando e, no meio da música, quando teve enfim coragem de olhar de novo para a plateia, Gugu viu alguns rostos sorridentes – e não eram só os dos torcedores dos Furacões.

Os aplausos no final deixaram os quatro animados e, quando voltaram para o salão onde estavam as outras bandas, eles puderam enfrentar melhor o pouco-caso de Glauco e seus Diabos da Meia-Noite. Os irmãos Fontes e os primos, no seu canto, cochichavam e já não pareciam tão seguros da vitória do Fenômeno Anônimo.

Os Diabos da Meia-Noite, quando chegou a sua vez, deram um *show* e as palmas foram tantas, e tantos os gritos e tão fortes e longos os uh-uhs, que ficou na plateia uma certeza: seria difícil, muito difícil, quase impossível alguém ganhar deles. No rosto de Glauco havia a convicção de que o bi estava assegurado.

    Depois que a última das bandas tocou, foi chamado ao palco um grupo de *street dance* para entreter o público enquanto eram somadas as notas dos jurados e escolhidas as cinco finalistas. O grupo apresentou três números e, dez minutos depois, retirou-se do palco, muito aplaudido. O apresentador então adaptou o microfone à sua altura para anunciar:
    – E atenção, senhoras e senhores, para as cinco bandas que decidirão o título de campeã do nosso festival.
    Sob grande tensão e expectativa na plateia e no local onde estavam as bandas, o apresentador começou a ler os nomes das classificadas: uma banda chamada Mais Nós, outra com um nome em inglês, que desde o início ninguém tinha entendido direito, os Diabos da Meia-Noite, o Fenômeno Anônimo e, quando Gugu, Marquinho, William e Melissa já se julgavam fora da disputa, os Furacões.

33 FUGA, TUMULTO E OS CAMPEÕES

Foi feito um sorteio para estabelecer a ordem em que as bandas tocariam de novo. O Fenômeno Anônimo seria a primeira, os Furacões a terceira e os Diabos da Meia-Noite a quinta.

A rodada decisiva começou com uma apresentação muito boa do Fenômeno Anônimo. Depois que a segunda banda, a Mais Nós, tocou e estava saindo de cena para a entrada dos Furacões, houve um alvoroço que logo se transformou em tumulto.

Quando chegaram à boca do palco, Marquinho, William, Melissa e Gugu notaram dois homens correndo para a grande porta de entrada do auditório. Por ela, escapando tão rápido que um segundo depois tinha sumido, viram passar Éverton. Olga se levantou, Gérson também, e os dois ficaram algum tempo fora do salão. Quando voltaram para se sentar, Olga, embora chorando e consolada por Gérson, fez um sinal de positivo para o palco. Gugu entendeu: Éverton devia ter conseguido fugir.

A tensão custou a passar. Foram quatro ou cinco minutos em que, diante do microfone, o apresentador ficou esperando o zum-zum dos comentários se atenuar para dizer:

– Senhoras e senhores, depois desse pequeno transtorno, pedimos toda a sua atenção e o seu carinho para a apresentação dos Furacões.

Parecia impossível, mas os Furacões começaram pior do que na primeira vez: Melissa desafinou, Marquinho vacilou, Gugu entrou atrasado, atrapalhando William. Na cabeça deles, só havia lugar para a preocupação com o que poderia estar acontecendo com Éverton. A banda errou em dois trechos da música e nem os aplausos no fim deram confiança a Gugu e aos outros.

Assim que voltaram para o lugar em que estavam as outras bandas, ouviram Glauco dizer à sua turma:

– Esses caras aí não ganham nem que a vaca mie.

Depois, olhando direto para Gugu, provocou:

– Viu o que aconteceu com o seu amiguinho espião? Ele achava que ninguém nunca ia sacar a dele, mas a gente estava de olho e ele se danou. Numa hora dessas, já devem estar levando o carinha lá pro lugar de onde ele fugiu. Espião que espiona espião tem cem anos de perdão. Quá, quá, quá!

– Ah, foi você que aprontou aquela sujeira pra ele, é? – perguntou Gugu, furioso, e antes que Glauco dissesse alguma coisa ele já estava pulando em cima dele. Os dois trocaram meia dúzia de empurrões e tapas antes de ser apartados.

Quando a situação foi acalmada, a quarta banda, aquela que tinha um nome em inglês, se apresentou, recebendo aplausos moderados. Depois, olhando desafiadoramente para Gugu, Glauco foi com os outros Diabos da Meia-Noite para o palco. Segurando-se para não saltar outra vez sobre ele, Gugu o ouviu dizer:

– Vamos lá, galera. Pro bi. Não vai ter pra mais ninguém.

A música tocada pelos Diabos da Meia-Noite era muito conhecida e, como na primeira apresentação, o público chegou a cantar o refrão junto com a banda. No final, as palmas e os gritinhos de entusiasmo não deixaram dúvida sobre qual era a banda favorita.

As papeletas dos jurados foram recolhidas outra vez e, enquanto o grupo de dança ocupava de novo o palco, a ansiedade começou a crescer. Estava chegando o momento de conhecer a banda campeã do festival.

A expectativa era quase intolerável quando o apresentador recebeu o papel com as notas e chamou as cinco bandas para ler diante delas o resultado. Embora não fosse necessário, mais uma vez ele pediu a atenção e, agradecendo a presença de todos, anunciou:

– A quinta colocada foi a banda Mais Nós.

Quando cessaram os aplausos, o apresentador leu o nome da quarta classificada, provocando mais uma vez o comentário do público:

– Como é o nome dela? Eu não entendi.

Uma mulher, provavelmente mãe de um dos integrantes da banda, disse, furiosa:

– Hungry Wolves. Hungry Wolves.

E traduziu, nervosa, sem parar de bater palmas:

– Lobos Famintos. Entenderam agora? Hungry Wolves. Lobos Famintos.

– A terceira colocada – fez um suspense o apresentador – é a banda...

Depois da pausa para aumentar a expectativa, ele completou:

– ... a banda Furacões.

No primeiro instante, a decepção se desenhou no rosto de Gugu. Mas, abraçado por Marquinho e William e beijado por Melissa, logo ele começou a retribuir os abraços e o beijo e reconheceu:

– Valeu, turma. Pelo tempo que nós tivemos para ensaiar, valeu mesmo.

No meio da comemoração, ele olhou para o lado e ouviu a zombaria de Glauco:

– Olha aí. Este ano nem o vice eles ganharam!

Nesse momento, o apresentador elevou a voz:

– E a vice-campeã é...

O sorriso de Glauco murchou quando o homem disse:

– ... a banda Diabos da Meia-Noite.

Glauco evitou olhar para onde estavam os Furacões. Mas, no único instante em que voltou o rosto para eles, flagrou a expressão satisfeita dos quatro e leu nos lábios de Gugu uma palavra:

– Bundão!

Palmas, gritos e batidas de pé fizeram estremecer o assoalho de madeira do auditório, assim que o apresentador propôs, com entusiasmo:

– Aplausos para os grandes campeões da noite, a banda Fenômeno Anônimo!

Os quatro primos pularam com tanto ímpeto, uns sobre os outros, que acabaram caindo, como se fossem jogadores festejando um gol. O público aplaudiu a comemoração, como se ela fizesse parte do espetáculo.

E, com a entrega dos prêmios, com direito a discurso do presidente do clube e um bis do Fenômeno Anônimo, acabou o 2º Festival de Bandas de Rock do Grêmio Esportivo e Social 23 de Abril. O público, satisfeito, apesar de algumas queixas contra o resultado, começou a sair, deixando no presidente do clube um sorriso que mostrava a sua certeza de que a campanha para conseguir mais sócios ia ser um sucesso. No lado de fora, duas moças e três rapazes, que tinham se associado ao 23 de Abril recentemente, estavam com fichas de inscrição, prontos para explicar aos visitantes as vantagens que teriam se entrassem no clube.

34 *UM LADRÃO NO RÁDIO*

Acabado o festival, a preocupação dos Furacões era toda com Éverton. Ele havia conseguido fugir dos homens no salão, mas quem garantia que não tinha sido agarrado no lado de fora?

Depois que as pessoas foram se dispersando, eles ficaram ainda algum tempo ali, na frente do 23 de Abril, esperando ansiosamente que Éverton aparecesse. Gugu, o mais triste de todos, não parava de perguntar:

– O que vocês acham? Será que ele escapou?

Vendo o filho com cara de choro, Olga renovou sua promessa: no dia seguinte, logo cedo, ia entrar em contato com a sua amiga assistente social para descobrir se Éverton tinha sido apanhado e levado a alguma das associações que cuidavam de menores. E ia ver também, com a amiga, a melhor forma de ajudar Éverton. Sua consciência estava lhe dizendo que não podia mais adiar a solução do problema.

Gugu ficou um pouco menos tenso, mas não parava de olhar para todos os cantos, imaginando que de algum deles, no meio das trevas, haveria de aparecer o amigo querido.

Marquinho e os pais foram embora. Olga e Marilisa não paravam de se despedir. Ânderson sorriu para Gérson:

– Minha mulher fala, hem?

– E a minha, então?

Quando, finalmente, as duas pareciam ter concluído as despedidas, Marilisa propôs:

– E se a gente fosse comer uma *pizza*? Nós conhecemos uma pizzaria muito boa, não é, Ânderson?

Embora preocupados com Éverton, a sugestão foi bem recebida. Estavam desmaiando de fome. Foram entrando nos carros. Ânderson, que ia na frente para mostrar o caminho, levava com ele William. No carro de Marilisa, ia Melissa. Gugu estava no carro de Gérson e, fechando a fila, ia Olga.

– Nossa, parece uma carreata – brincou Melissa.

– É – concordou Marilisa. – Também, que ideia essa, de fazerem o festival num dia de semana e obrigarem as pessoas a vir direto do trabalho...

Assim que Gérson deu a partida, Gugu ligou o rádio numa emissora de *rock*. Estava conversando com o pai sobre as peripécias do dia, meio distraído, quando de repente um nome chamou sua atenção e ele aumentou o volume.

– E Lucky Green – estava dizendo o locutor – tem tudo para voltar aos primeiros lugares da parada de sucessos com a música de sua autoria que vocês vão poder apreciar agora, em primeira audição nacional.

– Olha aí, pai – avisou Gugu. – Você ouviu?

– Ouvi – respondeu Gérson, sem entusiasmo.

O apresentador do programa disse cinco palavras – *Amor sou eu e você* – e, quando a música começou, logo a desconfiança de Gugu e do pai se transformou em certeza.

– Pai, você está ouvindo? Essa é a nossa música, a música do William. Deram uma ajeitada nela, puseram outro título e... Pai, como você acha que isso aconteceu?

Pálido, Gérson disse:

– Eu acho que sei, filho.

– Você sabe?! Mas como?!

– Foi a... Luana. Só pode ter sido.

– O quê?

– A Luana, lá da gravadora, lembra que eu falei dela?

– A prima do Lucky?

– É, prima ou coisa assim – disse Gérson, fazendo uma careta. – Eu levei a fita do ensaio de vocês para ela, filho.

– Levou a fita? Mas pra quê, pai? – perguntou Gugu, perplexo. – Pra quê?

– Eu pedi para ela ver se alguém lá da gravadora se interessava pela banda. Mas, dois ou três dias depois, a Luana saiu da gravadora, nem se despediu de ninguém, e eu me esqueci da fita. Nunca eu ia desconfiar que... E agora... Filho, foi isso. Ela roubou a música do William e deu pro Lucky Green gravar!

– Pai, como você foi fazer isso? Eu não acredito.

– Filho, me perdoa. Eu só queria ajudar.

– Não dá pra perdoar uma coisa assim, pai. Não dá. Como é que você vai explicar isso pro William?

Assim que chegaram à pizzaria e deixaram o carro no estacionamento, Gérson, transtornado, correu até a porta onde os outros esperavam por ele e por Gugu e pegou com força o braço de Ânderson:

– Eu preciso falar com você.

Notando a agitação dele, Ânderson aconselhou:

– Calma, calma. O que foi?

Atropelando palavras e ajudado pelo filho, Gérson conseguiu contar o que havia acontecido com a fita depois que ele tinha tido a péssima ideia de levá-la para Luana.

— Pai, você está ouvindo? Essa é a nossa música!

Olga repetiu o que Gugu tinha dito:

– Gérson, como você foi fazer isso? Não dá para acreditar.

Melissa e William olharam espantados para Gérson, que ficou se desculpando desajeitadamente com Marilisa e com Ânderson. Quando ele, de cabeça baixa, já estava preparado para a condenação, ouviu Ânderson dar uma gargalhada monumental e dizer:

– Que bela notícia! Que bela notícia!

– O que... O que... – Gérson, estupefato, não conseguia falar.

– Isso foi a melhor coisa que você podia ter feito – disse Ânderson, dando um abraço nele.

Todos olharam para Ânderson. O que era aquilo? Ele só podia ter enlouquecido. Até Marilisa parecia estar duvidando da saúde mental do marido, porque perguntou:

– Dá para você parar de rir e explicar esse... essa... maluquice?

Ânderson abraçou William e comemorou:

– Filho, parabéns! Não é todo dia que um garoto da sua idade tem uma canção gravada pelo Lucky Green.

Quando Ânderson acabou de dizer isso, a suspeita de que ele estava louco tornou-se uma certeza para todos.

– Mas... pai – começou William. – O que adianta isso se ninguém vai ficar sabendo que a música é minha?

– Como não?

– Ele não roubou a música, pai?

– Ele pode até pensar que roubou, mas não roubou coisa nenhuma.

William olhou para Melissa e, de repente, como se uma centelha tivesse passado pelo cérebro dos dois, ele e ela se puseram a rir.

– Pai – disse Melissa –, você não vai me dizer que...

– É isso aí mesmo que você está pensando, filha. Agora acho que você nunca mais vai poder me acusar de ser chato e de desconfiar de todo mundo sem motivo.

– Quer dizer então que você...?

– É, filha, eu registrei aquela e todas as outras músicas do William. Eu levei uma fita gravada para aquele amigo lá da sociedade de direitos autorais e...

Enquanto Melissa e William abraçavam o pai e os outros, principalmente Gérson, davam suspiros de alívio, Ânderson concluiu a frase:

– ... e o Lucky Green vai ter de pôr na conta que eu vou abrir no seu nome, filho, cada centavo que você, como autor, merece. Se ele faz mesmo tanto sucesso como dizem, acho que vou ter um filho rico. Amanhã mesmo vou entrar com um processo e ele vai ver o que é bom. Pessoal, agora vamos entrando, vamos, que eu estou morrendo de fome. Vocês podem comer e beber até o sol raiar, porque eu... quero dizer, porque o William aqui vai pagar tudo. Vamos comemorar, gente, vamos!

Entraram e, quando começaram a puxar as cadeiras e a ocupar as duas mesas que o garçom juntou para que ficassem mais à vontade, todos os fregueses fixaram os olhos neles. O que podia ter acontecido com aqueles ali para ficarem tão alegres?

Marilisa sorriu para Ânderson:

– Juro que nunca mais vou falar mal dessa sua... mania de arquivar tudo, de registrar tudo, de ter tudo certinho, organizadinho, cada coisa no seu lugar.

Enquanto isso, Olga sentia, com a intensidade dos primeiros tempos, o olhar amoroso do marido. Ele tinha dito que, ao voltarem para casa, precisava muito falar com ela, para explicar algumas coisas e fazer um pedido.

Ela sabia mais ou menos o que Gérson queria confessar e pedir. E sabia também, porque seu coração estava mandando, que ele tinha boas chances de conseguir o perdão. Mas antes ele iria ouvir o que precisava. Olga esperava que ele tivesse aprendido que a família devia ficar acima do sucesso profissional e que as aventuras amorosas costumavam custar caro.

William, observando Melissa e Gugu, que se olhavam como se não houvesse no mundo nada mais lindo para se ver, comentou:

– É como a música.

Nem Melissa nem Gugu pareceram ter ouvido. William insistiu:

– É como a música.

– O quê? – perguntou Melissa, ainda distraída.

– Vocês dois estão parecendo a minha música.

– Essa eu não entendi – disse Gugu.

– Ah, você entendeu, sim. E a Mel também. *Amor é tudo isso que você está pensando e muito mais.*

– Agora ela tem outro nome – corrigiu Gugu, olhando para Melissa. – *Amor sou eu e você.* – Que ladrão aquele Lucky, hem?

Ouviu-se um burburinho na porta do restaurante. Um garçom foi até lá e logo chamou outro:

– Vem ver. Corre. Nossa! Olha lá. Nunca que o Dimas vai conseguir pegar o garoto. Ele parece um raio.

Melissa, Gugu e William foram ver o que estava acontecendo. O segurança da pizzaria, um homenzarrão encharcado de suor, foi recebido com gargalhadas pelos dois garçons. Um brincou:

– Você está fora de forma, Dimas. Correr atrás da molecada não é mais serviço pra você. O que o garoto fez?

O homem, com o fôlego a zero, contou:

– Ele estava... rondando... por... aqui e eu... eu dei uma corrida nele, sabe como é, para ele não ficar perturbando.

– É. E quase que você pega.

– Vocês... viram? Só não peguei porque me deu dó dele – vangloriou-se o segurança.

Gugu perguntou:

– Como era o garoto? Ele...

Um dos garçons riu, interrompendo:

– E você acha que o Dimas viu? Do jeito que o baixinho corria, ele só viu o vulto.

Melissa, Gugu e William se olharam, com a mesma pergunta:

– Será que...?

Sorriram. Éverton, mesmo que tivesse escapado dos homens que o tinham perseguido no grêmio, não poderia saber onde eles estavam. Mas aquela dúvida e aquela esperança mostravam o carinho que sentiam pelo amigo querido, o rei dos espiões e das surpresas.

– Eu acho que era ele. E vocês? – perguntou Gugu.

– Eu também – respondeu William.

– Eu tenho certeza – disse Melissa, fazendo figa com as duas mãos. – O Éverton é demais. Ninguém ia conseguir pegar.

– Mas, de qualquer jeito, a minha mãe já prometeu que amanhã bem cedo vai tratar disso. Se levaram o Éverton pra algum lugar, ela vai saber. Não é, mãe?

Olga, que tinha ido com Gérson até a porta, não disse nada, mas seus lábios estavam se mexendo. Parecia estar rezando.

Ânderson e Marilisa se aproximaram e ficaram também na torcida:

– Ele deve ter escapado.

Depois de alguns minutos, voltaram para a mesa, porque Melissa avisou:

– Os garçons vão pensar que a gente quer sair sem pagar a conta.

Ânderson, ainda feliz com a astúcia de ter registrado a música de William, propôs que escolhessem as mais caras sobremesas. Dando tapinhas no ombro do filho, brincou:

– Que prejuízo, hem?

Depois do cafezinho, ainda ficaram pelo menos quinze minutos na frente do restaurante, numa despedida retardada pelas intermináveis conversas de Olga e Marilisa, de Melissa e Gugu.

No caminho para casa, dirigindo devagar para que Olga, vindo atrás com seu carro, não perdesse o contato na hora de passar algum farol, Gérson disse a Gugu:

– E você não gostava da Mel, hem, filho? O que ela era mesmo? Chata, metida, bobona, o que mais? E agora...

– Para de encher, pai. Eu e a Mel temos só uma grande amizade.

– É, eu vi. Você me ajuda, quando a gente chegar em casa?

– Ajudar? No quê?

– Eu preciso me acertar com a sua mãe e, se ela me der o tratamento que eu mereço, o mínimo que eu vou levar é uma panelada na cabeça.

– Será, pai? – Gugu perguntou, divertido. – Vai ser engraçado. Eu arranjo um esparadrapo pra você.

Gérson estacionou o carro na frente do sobrado e Gugu desceu para abrir a garagem, reclamando. Por que o pai não mandava instalar uma porta automática? Tinha acabado de pegar a chave quando ouviu:

– Oi.

Olga, acabando de parar atrás de Gérson, pôs o farol alto para ter certeza de que estava vendo mesmo aquilo: Gugu curvando-se para abraçar um garoto baixinho que ela conhecia muito bem.